云很白

伍中正

百花洲文艺出版社
BAIHUAZHOU LITERATURE AND ART PRESS

图书在版编目(CIP)数据

云很白 / 伍中正著. —南昌:百花洲文艺出版社,
2013.10 (2018.12 重印)

(微阅读1+1工程)

ISBN 978-7-5500-0786-4

Ⅰ.①云… Ⅱ.①伍… Ⅲ.①小小说—小说集—中国
—当代 Ⅳ.①I247.8

中国版本图书馆CIP数据核字(2013)第252361号

云很白

伍中正 著

出 版 人:姚雪雪
组稿编辑:陈永林
责任编辑:赵 霞
出 版:百花洲文艺出版社
发行单位:全国新华书店
印 刷:湖北画中画印刷有限公司
开 本:700mm×960mm 1/16
印 张:12
版 次:2014年2月第1版
印 次:2018年12月第3次印刷
字 数:128千字
书 号:ISBN 978-7-5500-0786-4
定 价:29.80元

赣版权登字:05-2013-341

邮购联系:0791-86895108
网址:http://www.bhzwy.com

前　言

以“极短的篇幅包容极大的思想”，才能够以小胜大，经过读者的阅读，碰撞出思想的火花，震撼人的心灵。正因为这样，微型小说成为一种充满了幽默智慧、充满了空灵巧妙的独特文体。

如果说在二十一世纪的头一个十年，是互联网大大改变了我们的生活，那么在我们正在经历的第二个十年里，手机将更为巨大地改变我们的生活。如今，以智能手机为平台，正在构成一个巨大的阅读平台。一种新的阅读方式正不知不觉地走进大众的生活。一个新的名词就此产生，它便是“微阅读”。微阅读，是一种借短消息、网络和短文体生存的阅读方式。微阅读是阅读领域的快餐，口袋书、手机报、微博，都代表微阅读。等车时，习惯拿出手机看新闻；走路时，喜欢戴上耳机“听”小说；陪人逛街，看电子书打发等待的时间。如果有这些行为，那说明你已在不知不觉中成为“微阅读”的忠实执行者了。让我们对微型小说前景充满信心和期待的是，微型小说在微阅读的浪潮中担当着极为重要的“源头活水”。

肩负着繁荣中国微型小说创作、促进这一文体进一步健康发展的责任和使命，微型小说选刊杂志社推出了“微阅读1+1工程”系列丛书。这套书由一百个当代中国微型小说作家的个人自选集组成，是微型小说选刊杂志社的一项以“打造文体，推出作家，奉献精品”为目的的微型小说重点工程。相信这套书的出版，对于促进微型小说文体的进一步推广和传播，对于激励微型小说作家的创作热情，对于微型小说这一文体与新媒体的进一步结合，将有着极为重要的作用和意义。

编者

2013年8月

目　录

就要那棵树

米唐的门口长着一棵树。树是樟树，枝繁叶茂，像一大团无法握住的云。

米唐常常对那棵树一望好半天。她在树下唱歌，在树下写字，还在树下跳舞。米唐娘看见了，说，米唐不唱了，该吃饭了。米唐就不唱了。米唐娘说，不写字了，该去撒把鸡食。米唐就不写了。米唐娘还说，米唐，不跳了，该去园子里剥些菜叶来。米唐就蹦蹦跳跳去了菜园。

米唐考进了城里的学校。那棵树成了米唐学费的一少部分。凑学费的那些日子，米唐娘就想到了门前的樟树。当米唐娘的身后跟着几个肩背锄头手拿斧锯绳索的人时，米唐就知道，再怎么挽留这棵树也迟了。

那一大团无法握住的云倒下来的时候，米唐远远地站着，买树的人也远远站着。树一倒地，米唐抓着一根枝就哭起来。买树的人见了，劝她：米唐，别哭了，不就一棵树么？

那些挖树的民工也跟着帮腔：再说，树就栽在离你学校不远的地方，你还可以去看！

米唐就渐渐地止住了哭。

买树的人示意那几个人锯断了一些树枝。那几个人手中的锋利锯子，来来回回地寻找树枝最柔弱的部分下锯。树枝脆裂的声音很响，响在米唐空旷的屋前。

树让一家工厂买走，那家工厂在城里。米唐看见那棵脱光了衣服的樟树走上了去城里的路。

米唐在樟树生长的地方，又开始唱歌。米唐娘听了，说，米唐，不唱了，你比娘幸运，树到了城里，你还在城里能看见，娘就真的看不见了。

娘的话，又说出了米唐的眼泪。

米唐沿着那棵树走过的路，进了城。

米唐念书的学校，隔那家工厂不远，也就是隔那棵树不远。米唐下了课，就对那家工厂望，就对那棵树望。

星期天，米唐就去看那棵樟树。米唐看见樟树栽在厂门口。厂子里的人很讲究，还为樟树搭了远看近看有点黑的凉棚，树很快就活了过来。那些发出来的新芽长出来的新叶就说明了树没有死。米唐还看见有一个人还在为树浇水。渐渐地，米唐就跟浇水的那个人熟了。浇水的是老魏。米唐每次走的时候，就跟老魏说，魏叔，很感谢你，过几天来看你。说完，米唐就默默走开。

回到宿舍，米唐拿出画笔和纸，一笔笔，很快画出了那棵树。画完，米唐把那幅画贴在床头。她起床时看，睡觉前还看。同宿舍的女生弄不明白，就问：米唐，好多的实物可以画，干吗要画一棵樟树？米唐淡淡一笑，再不多说。

再出去，米唐邀了个有照相机的女生。在树下，那个女生为米唐照了好几张照片。

米唐回到家。米唐就高兴地对娘说，娘，那棵树长得好好的，还发了芽。说完，米唐还拿出了在树下照的照片。娘听了看了跟着高兴。米唐说，娘，往后，我还要买回那棵树！

米唐还到那棵树下去。接纳城市的阳光和雨水，樟树完全活过来了，再没有那黑黑的凉棚遮盖它美丽的身躯。米唐站在树下，老魏还在为那樟树浇水。只是那些从厂里出来的人，边走边说，有的人说到了树，说到了厂长，说厂长不应该拿职工要发的福利去买树，说这厂弄不好就要垮了。老魏看着他们走远，才对米唐说，米唐，这厂子怕不行了。

米唐问，魏叔，厂里的人往后会不会对这棵树起坏心？

老魏说，工人情绪不稳，说不定哪。

米唐“啊”了一声。米唐很艰难地从那棵树下走回了学校。

米唐从那所学校毕业后就恋爱了。

米唐领着男友走向那棵树。站在那棵树前，米唐停下步，用手指着那棵树枝说，你看你看，那棵枝上还歇了一只黑鸟。男友顺着她手指的方向，漫不经心地看了一眼。

米唐说，你多看一眼，就不行？男友说，行。男友就紧紧地盯着那棵树。那树上的一只鸟让他盯飞了。

这个时候，米唐很幸福，也很沉醉。她让男友的手轻轻地揽住了自己的腰。

这个时候，米唐的眼里就有一些晶亮的泪水。

城市这么大，这么繁华。米唐最喜欢的地方就是那棵树下。她经常把男友带到那棵树下。她看见那些从城市吹来的风，一阵一阵地翻看樟树的叶片；她看见那些枝头落下的叶片很眷恋地飘向大地；她还看见老魏很坦然地在树下做最后的守望。

男友起初弄不明白。男友说，米唐，恋爱的地方多着呢，你再换个地方行不行？你说行，我把那棵树买给你！

米唐要的就是这句话，她等的就是这句话。

米唐的眼里浸着泪水说，这棵树就是我家原来门口的那棵树，我想让她回家！

男友说，行。

米唐门口的樟树又回来了。

米唐也请人给那棵樟树搭了凉棚。她还对娘说，娘，有空的时候，给树浇上水。

米唐走后，村里有人和米唐娘坐在屋里聊天，聊着聊着，就聊到了门口的樟树：米唐娘，你家米唐能耐呃，那棵你舍不得卖的树，又给你弄回来了！

米唐娘说，当日挖门口的樟树时，我家米唐还在树下哭呃。我就晓得她舍不得，说不定她还要把这棵树要回来。

米唐娘说完，两行泪径直往下落。

猎 枪

在陈家庄，陈丁有猎枪，一杆新的，一杆旧的。旧的猎枪，陈丁不用。

冬天，陈丁用猎枪会打来很多猎物。这一点，女人早秋很明白。

早秋身上每次穿的新衣服，脚上穿的新鞋子，都是陈丁用猎物在人声鼎沸的铺子兴高采烈换来的。很多次，陈丁在早秋面前口气坚定地说，愿意一辈子用猎物为早秋换衣服换鞋子换她想要的东西。那话一说出口，早秋脸上的高兴，久久不愿退去。

陈丁非常爱惜猎枪，就像他爱惜着的早秋。有空，他把那杆新猎枪的枪管擦得乌亮乌亮。擦枪时，他还把早秋叫在身边，越擦越亮的枪管，把坐在一旁的早秋，看得发呆。

不用猎枪时，陈丁就把猎枪挂在床头。

“陈丁，我有点怕，你咋把枪挂在床头?”早秋过门那天，看见床头挂着的猎枪就问。

陈丁一笑，说，有枪在，怕啥?

有陈丁壮胆，渐渐地，早秋就不怕猎枪了，甚至，她还敢动手去摸猎枪了，摸摸枪管，摸摸枪托，最终，整个猎枪，她都敢摸了。

早秋也学着陈丁的样子，把猎枪端起来，对一棵树瞄准，对树上的一只鸟瞄准。最后，她调转枪，傻傻地对陈丁瞄准。陈丁见了，说，早秋，别瞎闹，快点把枪放下!

“放。就放。”早秋傻傻地说。

秋天，派出所下发了收缴猎枪的通知。

陈丁觉得，旧枪废了，收走就收走，也不觉得可惜。他对早秋说，上面来人收枪，就说，枪没了，再不放过的话，就拿出那杆旧枪来应付。

陈丁还说，我跟九木说好了，他也只交那杆旧枪。

早秋明白，陈丁不为别的，就为猎物。

早秋对着陈丁说，到时候，派出所来人，我只交旧枪，还不成？

陈丁说，成。

陈丁就把挂在床头的枪藏了起来。

果真，派出所来了年轻的干警。干警站在陈丁的门前，用手轻轻敲着门。

“我家男人陈丁不在，他的枪还在，只是一杆旧枪，派不上用场了。”早秋对着干警说。

干警非常严肃地说，所里早就调查过了，陈丁还有一杆新枪。

早秋不说话，只摇头。

走之前，干警说，把那新枪交了吧，以后会省事的。

早秋一个劲地摇头。干警收了旧枪，走了。

陈丁回来，早秋告诉他，旧枪让派出所收走了。

陈丁听了，很久，才狡黠地一笑。

冬天，陈丁想到了打猎。

陈丁打猎不是一个人，而是跟九木一起。过去，两个人带上猎狗从山的这边往山的那边赶。往往，到了山的那一边，那些被追赶得急的兔子、野鸡就在枪声里落下、跌倒。

陈丁背着枪，深深地亲了一口早秋后就一脚迈出了门。早秋在屋里喊，陈丁，枪要拿好。

陈丁回一句，拿得好。他的背影就留在了早秋眼里。

陈丁跟九木打猎。九木走前面，他走后面。

九木一脚没走好，身子一趔趄，手指扣动了扳机，一声枪响，惊动了整个山林。

九木猎枪管内的子弹很快地飞出去，子弹很快伤到了陈丁。陈丁一脸是血地倒在了山里。

陈丁安静地躺在山里，手里死死地抓着猎枪。

早秋赶到山里，陈丁的气息非常微弱。早秋说，陈丁，是我害了你，当初交了猎枪，就不会有事了。

陈丁低声说，早秋，枪没上交，我也后悔。只是这事不能牵扯九木，千万不要把九木搭进去。如果有人问起，就说，我自己的枪走火。陈丁断断续续地说。

早秋坐了下来，双手扶起陈丁。陈丁安静地躺在早秋的怀里。

九木过来料理了陈丁的丧事。九木一走，早秋就把猎枪挂在床头。早秋一看见那杆枪，就小声地哭一会，哭完，就擦干眼泪。

早秋活在跟陈丁拥有猎枪的日子里。

一年后，早秋有了新的男人，男人是陈家庄手艺最好的木匠。

早秋说，木匠，把那杆枪带上！

木匠答应了早秋，就把猎枪背在了背上。

木匠每次出门，背着猎枪。他每次安全地出去，每次都能平安地回来。早秋也很高兴。

有一次，新来的派出所所长看见木匠背着猎枪，就一声叫住了木匠。

木匠胆小，听见所长叫喊，就停了。

所长说，出门咋背杆枪，想做坏事不成？

木匠先摇头，然后说，不做坏事。

所长说，这枪，你不能乱背了，必须交到所里。

木匠死死地护着枪。

木匠看看所长，然后把枪给了所长。

木匠无奈地回来，他对早秋说，枪让派出所长收走了，所长还说，那杆枪早就要收走的！

剁脑壳的木匠！没卵用的木匠！早秋骂。

骂声渐小，早秋开始抽泣。

那是我家男人陈丁死之前都要我好好看着的猎枪呢。早秋边哭边说。

木匠让早秋骂低了头。

早秋不哭了，双手抱着木匠，说，木匠，枪收走了也好。往后，我再不活在和陈丁拥有猎枪的日子里。

木匠一听，抬起头，轻轻擦着早秋脸上的泪。

洗　脚

我还没有回家，半路上就让孙红塔给截住了，他拦住我打的出租车，做了两遍让司机掉头的手势。

司机拗不过他，只好掉转了车头，只好拉开车门，只好让孙红塔上了车。

洗脚去洗脚去。孙红塔坐在车上，嘴里不停地说。

还是那个孙红塔吗？一路上我在想。

孙红塔就是我们那个村的村主任，没出过远门，当主任一年后，孙红塔对村里的干部和组长说，走，去葛洲坝看看。他每次说那话都底气十足。

每次说起到葛洲坝看看，就有干部不满，当着他的面说，孙主任，下回，你真要带我们去了，都让你哄了好几回了。

孙红塔听了，红着个脸，一笑。

孙红塔那天听收音机，说有个村的村主任，拿着村里的钱游山玩水，结果掉了职。

孙红塔再不说带着干部和组长去葛洲坝了。

后来，有个组长，自己掏钱，去了葛洲坝。回来后说，孙主任，葛洲坝气势大呃。他就说一句，再不往下说。孙红塔支棱着耳朵听，再没听到下文，样子急急的。

那个组长说，你自己花钱去一趟！孙红塔瞥一眼组长，然后狡黠地一笑。

天还没黑尽，城市边沿的灯光就强烈起来。一直以来，我习惯了这种灯光的刺激。孙红塔会习惯吗？他要带我到哪家洗脚城？出租车在向洗脚城靠近。

孙红塔的手臂让田三皮砍了一刀。

田三皮很少住在村里，多半在城里。那天，他约了几个黑道的人来捕孙轻卡塘里个头大的鱼。

孙轻卡的黑毛狗汪汪地叫，叫声打破了村庄的宁静。他不敢做声。

孙红塔看见了，说，孙轻卡，那是你的鱼呃。

孙红塔就报了案。田三皮就进了派出所。第二天，田三皮从派出所出来，拿了把雪亮的砍刀，就对孙红塔下手。孙红塔手一举，砍刀果断地落在手臂上。

孙红塔说，田三皮，我愿意挨你一刀，你走远点儿！

田三皮收了刀就走。孙红塔的手臂看样子伤得不轻，他一路用手捂着，走到了村医疗室，缝了几针。

孙轻卡跑过去看，看着看着，就过意不去，说，孙主任，你是为了我才挨的刀，年底，鱼起上来，再过来谢你。孙红塔说，不用不用。

大热天，孙红塔一件皱巴巴的短袖衣衫穿出来，有人看见孙红塔手臂上的刀疤，就说，田三皮那一刀不轻呃。

我也看见过他手臂上的刀疤，就在他挥手示意村干部拉我家的猪时。

孙红塔示意司机停车，并用手指了指一家洗脚城。

孙红塔怎么也不让我付出租车费。他拿出一张大钱，静静地等司机找了零，才对我说，小子，走吧。

我有点不情愿地躺在了睡椅上，漂亮的小姐就抓住我的脚洗起来，我闭上眼睛，尽情地享受孙红塔给我花钱买来的舒服。

那年秋天的下午，村主任孙红塔领着村干部来拉我家的猪抵费。娘对他说，你拉吧。

我说，只要我在，你孙红塔就别想拉走我家栏里的猪。

娘说，让他拉吧，你有本事，就出去。

孙红塔跟着说了一句，你有本事就出去。

我走的时候，骂他，狗日的孙红塔，你当不了一辈子村主任。

背后传来的是孙红塔的声音：小子，你有了本事，再回来让我瞧！

我快速地在那条高低不平的村路上走着。路边的一棵柳树上，一只躲在树阴里的蝉在尖锐地叫。

我去了隔着很多乡村的城里。

我在城里的一家报社做起了记者。我的名字不断地在报纸上出现。

我也不断地得到孙红塔的消息。

最初是田三皮那年年底给他道了歉。三皮说，要是你孙主任报了案，我三皮就进去了。

接着是孙轻卡送给他的鱼，他没要，一半给了孙式微，一半给了孙如丝。那是村里最困难的两户，也就是年年让县里书记和县长挂念的两户。

再就是他在交通局跟局领导拍桌子，不给村道硬化指标就不走人。局领导考虑了很久才给了指标。孙红塔在城里找了一个 20 多人组成的施工队，风风火火地修起了村道。

社领导安排我去写写这个村主任，写写这个孙红塔。

我必须回到村里。在此之前，我给娘打了个电话。

孙红塔很快就知道了我要回来的消息。

孙红塔跟我并排躺在睡椅上让年轻漂亮的小姐洗着脚。他侧着身子对我说，小子，我就对你说三件事。第一，你要回来的消息，是我从你娘那里得来的。第二件事，那一天，我回过头来给你道歉，你跑了，好在你跑了，不然，我会在村里愧疚一辈子的。第三件事，洗完脚，请你喝一杯。

出来时，我说，孙主任，我还要写写你，请你喝两杯，就两杯。

孙红塔一听，笑着说，你别写我，要写我，我就只喝一口了。

梅镇的夏天

天气越来越热。从梅镇那棵粗大榆树上看起来越来越绿的叶子，就可以断定，夏天要来了。

夏天一来，镇上就来了一个跛腿年轻人。他看了看高高的梅镇再看了看高高的榆树，就不再往前走，一屁股坐在了粗大的榆树下。

老榆树不认识他，梅镇人也不认识他。年轻人第一次出现在梅镇，就是一副可怜兮兮的样子。脸上脏，衣服脏，腿上更脏。露出的右小腿像烧糊的米饭，样子很难看。跟着他一起来的还有一提包，提包是牛皮做的，不新不旧，只要拉链哗啦一拉开，提包的口就张得大大的。

梅镇人不知道他从哪里来的。老榆树开始同情他，给他遮阴又给他遮雨。

梅镇人开始同情他。有人给了他衣服，还对他说，你那件衣服太旧了太脏了，换换吧。年轻人顺手就接了衣服，说了几声“谢谢”。他把衣服放在身边，眼睛盯着小腿，小腿在一点点溃烂。他觉得离自己数钱的日子不远了。

有人给了他凉粥，对他说，一天到晚在太阳底下坐，口里肯定干得厉害，喝了吧。年轻人顺手接了凉粥，一口灌下。灌完，连说“谢谢”。之后，他眼睛盯着小腿，很艰难地移动了一下，给他凉粥的人看了很伤心。年轻人觉得数钱的日子就在眼前。

有人给他菜饭，还对他说，一天没吃饭了，肯定饿坏了，赶快吃了吧。年轻人顺手接了饭碗，筷子在一个劲地往嘴里扒饭扒菜。吃完，他的眼睛再盯着他的腿，再不做声。他觉得再过一天，就到了数钱的日子。

梅镇很多人都在同情他。梅镇的夏天，就有了一个话题，很多人说来镇里的那个年轻人可怜，太可怜了。年轻人也听到了他们的议论，也低下头，暗暗地流过泪。

从梅镇那棵粗大榆树上传来的长长短短的蝉声就知道夏天渐渐过去，年轻人没有要离开的意思，听着那蝉声，就小睡一会儿。

有的人再给他衣服，他摇了摇头，说，给我点钱吧，我还等着钱上医院治腿呃。给衣服的人就在自己的口袋里掏出了钱。

有人再给他凉粥，他摇了摇头，说给我点钱吧，我还等着上医院，再不上医院，我这腿就废了。给他凉粥的人回到家里，拿来钱给了他，说，赶紧上医院吧。

有人给他饭菜，他摇了摇头，说，给我点钱吧，我还等着钱上医院，再不上医院，我这腿真的就要废了。给他饭菜的人从口袋里掏出了钱。

年轻人没有离开梅镇。他每天在梅镇人同情的目光里获得了上医院的钱。夜幕降临，他就开始数钱，数那些轻易换来的钱。数完，他自如地拉开提包的拉链，把钱放了进去。然后，他很狡猾地一笑。一抬头，他从那些繁密的枝叶间，能看见梅镇天空里的星星。

梅镇人眼里的夏天很快就要过去。很多人都在担心年轻人。一个夏天，他应该有了不少的钱，应该拿着很多钱离开梅镇到医院去。

又有人站在了他的面前，看着他，说，上医院的钱差不多了吧？

年轻人摇摇头，说，昨夜里让一伙人抢了去，真的回不去了。

很多人听说了他的遭遇，在他的面前丢下一张张的钱，就走了。

很多人又来了，在他面前丢下一张张钱。

年轻人看看梅镇的天，一张一张地叠起了那些钱，快速地放进了包里。

蝉不在那棵榆树上叫了。年轻人用手擦了擦他跟焦煳米饭一样的小腿，艰难地站起身。起身那刻，那块焦煳的东西，很快地脱落。

梅镇有人看在眼里，然后看见年轻人很快地跑出了梅镇，跑出了夏天。

很多人不知道，年轻人就是我的亲兄弟。我的亲兄弟跑了多久跑了多远？

我知道梅镇隔我的村庄一百多里，他是哭着跑回来的。他的女人得了癌症，死在了医院的病床上，欠下一屁股债。医院的院长说，要是还不了，就不用还了。我兄弟死活不依。

我的亲兄弟从那以后满镇子乱跑，在自己的腿上，用一种很浓很粘的猪血贴着，样子怪难看的，博得了很多人的同情。

我的亲兄弟从梅镇回来就把那些钱还到了医院。医院院长说，我的亲兄弟很讲信用，差了医院的医院药费还记得还。医院院长还留他在医院里吃了一顿饭，饭吃到一半，他把一些没有动筷的菜，用一个白色的饭盒，装了满满一盒，来到了他女人的坟前。

从女人的坟前回来，我的亲兄弟对我说，哥，我再不用那块伤疤骗人了，等我以后有了出息，我就到梅镇去，找到那些给我衣服给我凉粥给我饭菜给我钱的人，好好报答他们。

我一把抱着我的亲兄弟，只听他在我的背后一字一顿地说，哥，我以后，再不骗梅镇的人了。

守住玉米

春汛一过，澧水就像一只疲倦的蚂蚁向东爬去，安静多了。安静的还有邱家庄。

邱桃看着门前的那块地，跟过门才一个月的丈夫安福说，种一地玉米。

安福递一个眼神过来，说，种！

太阳明晃晃的。明晃晃地照着邱桃的地。邱桃在地头种着玉米，安福在她的旁边也种。

安福种几行玉米，就看一眼邱桃，他看见邱桃脸上的红跟熟透的苹果一样。

邱桃弯腰下去，肚子隐隐作疼，便一只手捂着。安福看在眼里，就说，我来种。

邱桃看看太阳快挨山了，说，天气好，种完了一起回家。

邱桃又一行一行地种着玉米。

种完玉米，邱桃明显感觉肚子没种玉米时疼了。

安福问，还疼不疼？

邱桃摇摇头，把衣服捋起来，用手摸着肚子说，不疼了。

邱桃的地让一秆接一秆的玉米占据。玉米长得旺，一片片油亮的叶子长出来，整块绿得像一张阔大的毯子，搁在邱家庄的眼里。

邱桃常常站在毯子边对安福笑，安福见了也笑。

邱桃常常走在毯子上爽朗地喊一声安福。安福听见了就爽朗地回一句邱桃，然后就笑。

安福还一担肥一担肥地往地里挑。

玉米遮没了安福的身影。渐渐地，玉米长高了，安福在地里穿行的身影很难看见了。

看不见安福的身影，邱桃手捂肚子就放声喊，安福！安福！

安福脱了衣衫高高地举起来，晃了晃，说，在呐！

安福走出来见邱桃又手捂肚子，关心地说，要不就上卫生院？

邱桃说，撑一撑。

安福不依，邱桃，你要撑不好，那地里的玉米谁来看管？

邱桃让安福说低了头，让安福扶着一步一步去了卫生院。

安福要求邱桃住院。邱桃不依，还说，我一天看不见玉米，心里乱死了。

安福只得依邱桃，提着瓶瓶罐罐的药回来。

邱桃要看玉米，安福依她。

安福就扶她到地边去。这时的玉米在腰里长出来，吐出的缨子淡红淡红地美丽着，像邱桃脸上的笑。

看完玉米，邱桃满足地让安福扶回来，背后是越来越远的夏天。

邱桃明显地瘦了，肚子一次比一次疼。安福从那些瓶瓶罐罐里拿出药来，说，吃吧。邱桃就一口两口地抿了那些药。

邱桃想看一地玉米熟透的样。

安福看出了邱桃的心事，说，我背你去看看玉米。

安福就把邱桃背到了地边。安福指着地头的一秆玉米说，这是你种下的第一秆玉米！

邱桃的嘴对着安福的耳朵又问，那你种的第一秆呢？

安福说，在旁边，又用手指了指挨着邱桃种的玉米。

邱桃在安福的背上一笑，说，看见了，都好着呢。

安福再把邱桃背到地边时，邱桃就看见玉米一个个像木棒样坚挺。她努力地说，安福，这是我跟你见到的最好的玉米！

安福应声，是最好的玉米！

邱桃就在安福背上奄奄一息，声音低低地说，安福，一地的玉米就靠你了。

安福放下了邱桃。

安福看见了邱桃眼里的玉米和泪。

葬完邱桃，夏汛就来了。很多人都转移到堤上，没转移的只有安福。

安福在地里一个一个地扳着玉米。玉米让他扳得响响的。

澧水决堤了。

洪水在玉米地里横冲直撞，快速地吃那些玉米秆。那些玉米秆让洪水吃得七零八落。洪水又在快速地吃安福的腿，吃安福的腰身。

安福眼里是春天种玉米的邱桃，是他背着看玉米的邱桃。

安福不想走，他看见了邱桃，看见了邱桃苹果一样红的脸。他大喊，邱桃，我们的玉米熟了，我们的玉米熟了。

安福的声音越来越弱。

洪水蛇一样地游退后，邱家庄的人又聚在一起，村主任在清点人数时，发现少了一个人，那人是安福。

很多人看见安福安静地躺在地里，跟一地的玉米秆一样，没了生气。

阳光下，安福满身黄泥，两只手抓着的玉米，非常饱满。

五十棵板栗树

空气和阳光做成的早晨，宋小梅得到了五十棵板栗树苗。

天一放亮，宋小梅的屋顶上就歪歪扭扭地冒出几缕炊烟来。那炊烟很淡，很淡地散到空气中。低矮的屋前就来了一个人，人是男人，影子落在地上。男人的背后背着一小捆树板栗树苗。

宋小梅在空气和阳光里打量男人，男人放下树苗，长长短短有点生硬的树苗让他在地上轻轻地放得一声响，响声轻轻的。

宋小梅不等男人说话就开口了，你到别的人家去，我宋小梅不要这树苗。宋小梅的头轻轻地摇了几下。

宋小梅的摇头，并没有赶走男人。男人很认真地看着宋小梅，然后，声音很小地说，宋小梅，你先把树苗栽下，明年再来收你的树苗钱。

宋小梅抬了一下头。就在她一抬头里，她想到了屋后的一块地。

地是空地，向阳。宋小梅很想在那块地里栽下一些果树。以往的春天，尽管宋小梅栽下过一些娇贵的橘树，那些橘树艰难地长到夏天，就在要经历秋天的时候，就慢慢地蔫了枯了。宋小梅想到了要栽另外一些树。

宋小梅说，留下树苗。

男人说，地上一共是五十棵板栗树，栽不活不要钱，你仔细数数。

男人说完就走了。宋小梅把树苗抱进屋，揭开锅，拿了两个熟透的红薯，赶紧出来。

宋小梅追男人一程。她追到村口，看见了男人的影子，就喊：卖树苗的，停一停。

男人就在宋小梅的喊声里停住了脚步。宋小梅喘着粗气说，你会记得我吗？

男人说，记得。

宋小梅说，那你要来拿钱的呃。

男人说，会来的。

宋小梅再不喘着粗气，很平静地从衣兜里拿出还有点热气的红薯递给男人，说，路上吃。

男人一把接过宋小梅的红薯咬了一口，再没跟她说一句话，就走了。

宋小梅没有把得到板栗树苗的事告诉庄里的任何一个人。

打好坑，宋小梅把那些板栗树苗栽到了地里。春天里，那些板栗树就长出了绿亮绿亮的叶子，光鲜好看。

宋小梅一直在等那个卖树苗的男人。宋小梅有时站在屋前等他来，有时站在板栗树下等他来。

等过了一年，男人没有来。

宋小梅坚信，男人一定会来。

那块地里的板栗树越长越高，开花了，又结球了。板栗熟了，宋小梅拿一根竹篙乒乒乓乓地打下板栗球来，从球里掏出一粒粒板栗。她再把那些板栗挑到铺子里卖掉。

宋小梅喜欢着她的五十棵板栗树。有时候，她就走到板栗树下，看着那些板栗树开花，看那些板栗树挂球，看那些板栗球张开嘴吐出一粒粒板栗来。有时候，宋小梅还想到那个男人，他怎么还不来？

五十棵板栗树给了宋小梅不菲的收入。每年卖完板栗，她都要把那些钱存起来。她想：那些钱也应该让那男人得一部分，男人至今还没有拿到树苗钱呃。

不出几年，宋小梅成了庄里有名的果树之家。她的房前屋后，分到的地里，还有租来的山坡，都是果树。只是，宋小梅一直让那些板栗树长着。

宋小梅开始打听那个男人的消息。她从周边的村一个一个地询问。告诉她的人，都说，没有这个人。有人还反过来问她，哪里还有不要钱，放下树苗就走的人？

宋小梅又在周边的乡一个一个地打听。告诉她的人，也说，没有见到这个人。谁会那么猪，连钱都不要就走人？

宋小梅等着那个男人出现。

又一年春天，宋小梅的门前，来了一个十分俊俏的女孩。女孩十六七岁。

宋小梅见到了女孩就问，你找谁？

女孩说，我找宋小梅阿姨。

宋小梅说，你找我？

女孩说，我就找您，宋小梅阿姨，您别找我爸爸了，他不肯见您。

宋小梅问，为啥？

女孩摇了摇头，不肯说。

宋小梅说，别怕，胆子大点，说吧！

女孩说，宋阿姨，那一年，我爸爸从农场刑满释放回来，没有人接他。当时，他身上没有路费，就只有走回来，他走到一个果木基地，就想到了偷，偷了几百棵板栗树苗，卖了作路费。他一路卖回来，还剩五十棵树苗时，就卖到了宋阿姨家。见宋阿姨没钱，他也没急着要。后来，那个果木基地的人发现线索，找到了我爸爸，要我爸爸说出买了板栗树的人，追回板栗树，我爸爸把那些给了钱的人都说了，唯独没有说出宋阿姨。

女孩又说，后来，我爸爸为这事，又进去了一年。再出来，他就忘了这件事。后来，宋阿姨到处找他，要给他钱。他说，他不能见您。现在，由我来告诉您，他更不能要这笔树苗钱。

宋小梅一听，吃了一惊。

女孩要走，宋小梅带她看了看那五十棵板栗树。屋后的板栗树一棵棵翠绿着叶子，一棵棵在阳光下沉默。

送走女孩，宋小梅望着那一棵棵的板栗树发呆。

那一年，所有的板栗熟了，宋小梅没拿竹篙敲打板栗球，也没要一粒板栗，板栗在地上随那些空球一一烂掉。

后来，每年的板栗熟了，宋小梅还是没要一粒。后来，整个宋庄的人再没见宋小梅卖一粒板栗。

立　春

庄里的人是掰着手指头算着日子，算着农历节气的，特别是立春。

在罗木的心里，他觉得立春这一天非常特殊，有必要大喊。

吃过早饭，罗木跟女人马小春商量：立春了，想在村里大喊几声，舒服舒服。

马小春说，罗木，你活回去了，还像小孩似的发神经？立春这日子，庄里哪个不知，谁个不晓？大喊几声，就能舒服？

罗木脸上堆笑，说，是想发点神经。可这些年，很多人不像以前那样过日子，有的把日子过得不像农村人过的日子，连农历节气都不清楚了。

马小春说，罗木，你还真能耐呃，就你清楚节气就你清楚日子？你发神经吧！

罗木说，你让我发一回神经，再说，我只是扯着嗓子喊几声，不会有什么大碍的，能把天喊塌下来？能喊破嗓子？

马小春说，罗木，你还真发神经？你发吧发吧，让马小春看看来着！

马小春再不多话，也没有拦罗木，让罗木走了。

罗木就往罗家庄的高处走。罗家庄的高处实际上是一个山冈，不算高。中午，罗家庄的太阳明晃晃的，阳光很像劲道的面条，给罗家庄的人的感觉很舒服，无法言说的舒服。

立春了——立春了——罗木喊。

罗木几乎是扯着嗓子喊的。一年中，罗木这样扯着嗓子喊的次数不多。他清楚地记得，他当队长的几年中，无非是在清明节，坟地燃放的鞭炮或点着的蜡烛引燃山火，他才使劲扯着嗓子喊庄里的人去救火。无非是庄里的哪户人家的牛被偷了，他扯着嗓子喊人把偷牛的盗贼捆起来送到乡派出所。

罗木的喊声很快在罗家庄飘荡开去。庄里很多人听到了喊声，抬头看看天，低头看看田，再望望远处的山，很快感受到了立春的氛围。

罗木的喊声，马小春听到了，很明显。

马小春样子懒散地站在禾场上，小声说，罗木，你声音还不小呃，庄里的小妖精，肯定听到了。

马小春没有猜错，一点也没有猜错。罗木喊过五遍后，他要去小妖精家里。

罗木站在小妖精的屋前，大声喊：立春了！小妖精！

小妖精的屋是庄里最低矮的屋。小妖精在低矮的屋里照顾陪伴了一起生活 8 年的男人糠箩。小妖精发誓要对瘦弱的糠箩好，她还发誓要陪糠箩一起度过最后的时光，下辈子跟糠箩做夫妻。

8 年里，小妖精经历了庄里所有女人没有经历的一切。拿罗木的话说，村里称得上好女人的只有小妖精。拿马小春的话说，庄里最苦的女人就算小妖精了，一年四季抱着个站不起说不来话的病人。拿老队长肥牛的话说，小妖精是自己心甘情愿地要跟糠箩好的，她内心的强大，无人能敌。

看着小妖精低矮的屋，罗木有一个很大的想法。他要让小妖精低矮的屋成为过去。

小妖精穿着一件红色的夹袄出来了。夹袄的领子是白色的。夹袄上的红像一团燃烧的火焰，那一圈白色无法熄灭夹袄的红。

小妖精站在罗木面前，样子非常平静，目光非常平静地看着罗木。

罗木说，小妖精，糠箩已经走了一年了，你这屋，我想发动庄里的人凑点钱，翻修一下。

小妖精摇摇头，说，罗队长，用不着，这低矮的屋是我跟糠箩这么多年留下的一点念想，不用翻修。再说，我很快要出去打工了，往后，挣点钱，继续还我在娘家借的债。

罗木的眼里，一阵湿润。

临走，罗木说，立春了。

小妖精说，立春了。

罗木回来的时候碰到了老队长肥牛。肥牛的腿有些颤了，手里拄着拐杖，才把步走得稳当些。罗木站在肥牛面前。肥牛拍拍罗木的肩膀，小声说，响亮！响亮！你比我当年喊得还响亮。

罗木说，比不上。比不上。老队长当年的喊声能把山里的野猪都吓跑。

罗木仍在谦虚。

罗木说，马小春在家里找我有事，不陪老队长说话了。

罗木走不远，肥牛用拐杖指着他的背影说，谦虚个屁，老子当年，还不是像你这样喊着，只是老子现在喊不出声了。

回到家，马小春问，见到小妖精了？

罗木说，见到了。不过往后很难见到了。

马小春问，咋了？

罗木说，小妖精要出去打工，我没拦她。

马小春说，罗木，你凭啥拦她？

突然，罗木一声大喊：立春了——那声音，拖得老长。

马小春捂着耳朵，傻傻地看着眼前的罗木。

木头

木头活在每一个日子。

那一丘稻真真切切熟了，天气渐渐凉了起来，木头再次想到了那一丘稻。

禾是木头跟女人一起插的，插那丘禾的日子，天气坏得很，雨不紧不慢，几乎是下了一天。木头女人在田里插禾，衣服自自然然地湿了。

木头女人发了不小的脾气，说插完这丘禾就学别人的样出去打工。

木头听见了，就说了一句，打工去就打工去。

插完禾，木头女人就一件件清理衣服，木头知道女人要出去打工，不劝她，也不拦她。

木头女人沿门前的小路细碎着步子就出去了。

没过多久，木头女人打电话到牛壹家，要牛壹喊木头接电话。

木头接了电话。

女人说，那一丘禾要管好，一年的饭就靠那一丘禾了。

木头点了一下头后说，禾只须我管，你就在外面自在逍遥。木头就挂了电话。

再热的天，木头都去一趟田边，看看那些绿过来绿过去的禾，那些禾就长成了木头眼里好看的禾。

禾上长了虫子，木头就买农药打。

田里没了水，木头就开沟放水。

那是一丘好稻！村子里的人说。

木头在田里割稻。

木头割了一会儿，感觉腰有点软，就坐在割下的稻把上，看了看天，天是那样的蓝和高远；看了看天上的闲云，闲云是那样的白和平静。木头就想到了自己的女人。

木头说，你我同插的稻你不回来割，只要我一个人割，你枯心呃。

木头埋怨了一次女人，又开始割稻，直割得那些稻脆脆地响。

木头从早上割到太阳偏西，还没割完那丘稻，天挨黑的时候，牛壹过来喊，木头！接电话呃。

木头接了电话，电话是女人打来的。

女人说，那一丘稻请人割，割稻的钱我只出一次台就够了。

木头不明白，就问，出啥子台？

女人说，莫问莫问，挂电话了呃木头。

木头就请了好几个人收稻。

有人跟木头说，木头眼前好了，婆娘弄到大钱了，收稻都不用自己出力了。

木头就浅浅一笑不出声。

还有人对木头说，外头怕有男人睡过你婆娘了？

木头说，我那婆娘说了，外头的男人睡不到她，她只是跟那些男人闹着玩的不当真！

收完稻，木头给了那些人工钱，那些人接了工钱，那些得了木头工钱的人说，木头，你家往后有什么事，喊我们就是，反正你们家的钱也算好弄了。

太阳暖暖地晒着那些金黄的谷子，木头一边翻晒一边想，我那婆娘要不跟那些男人闹着玩呢？

木头翻晒了一阵子谷后，说，不对头呃，出去这么久了还不想回来，到底还回不回来？

木头来了忧郁。木头的忧郁浅浅的。

年底，木头女人回来了，珠光宝气，大把大把的钱给木头，给完钱，脸上就挂着淡淡的笑。

木头接过女人的钱感叹，娘的你一年挣的钱比我十年挣的还多呃。

木头女人目光斜斜地说，这就叫真本事！女人的笑比先前加重了一次。

木头跟着应声，本事呃本事呃。

木头女人问，往后再出去，由不由我？

木头说，都由过你一次了，还在乎往后，由你呃。木头女人脸上又绽开来笑。

木头女人问，那丘田的谷？

木头说，一粒没卖，在仓里。

木头女人开仓看看谷，看看那仓金黄的谷，就对木头说，你把家守得这么好，晚上我给你。

木头一听，就一笑，口里说，杂种的婆娘，我一年才得你一回呃。

木头女人听后，慢慢地，慢慢地，脸上留下两行泪来……

雨　水

雨水下了很大一场雨，是开春后的第一场大雨。

眼里的雨，哗哗啦啦的。羊可没有想到，雨水的雨会这么大。

雨水前夜，羊可心里窝着一股气。她觉得那口气不发出来，憋得难受。

羊可的气来自男人。雨水前天，男人在镇上的茶馆跟一些在镇上晃荡的青年在一起玩牌，一次输掉了一把钱。

男人本来不在牌桌上玩的。那些晃荡的青年你一句我一句刺激着羊可男人。一个说，怕女人！肯定怕女人！肯定不敢玩！另一个说，玩玩，玩小一点的牌。还有一个说，要不到牌桌上试试?

镇上的茶馆除了喝茶的功能外，还发挥着赌场的作用。

男人犹豫了一下，还是走进了茶馆。男人果真先玩小的。后来，那些人就刺激他，说玩小了，不刺激。男人就伙着那些人玩大了。在牌场上，男人手中的钱，像一捧捧从手中滑落的谷子。天还没黑时，他输掉了一把钱。他发现除了玩过牌的一双手外，仍旧是一双赤裸着的手。

男人的那把钱是羊可卖谷跟卖棉花的钱。羊可种了大片的水稻和棉花。羊可把那些水稻收回来，再把那些棉花收回来。那些水稻占据了她的一间屋子，那些棉花又占了她一间屋子。她看着屋子的水稻和棉花，就开心地笑。有一天，她跟收购水稻和棉花的贩子谈好了价钱，留下口粮和弹被子的棉花后，就把谷子跟棉花卖了，羊可就有了一把钱，她就把那把钱让男人揣着，让男人也感受那些水稻和棉花给他的激动与温暖。

男人回来前，他看见那些赢他钱的青年一个个在放肆地笑。他觉得，每一个青年的笑就是一把把刀，深深地切在他的胸口。羊可男人鄙夷地看了一眼茶馆，然后，狠狠地“呸”一口。

男人趺趺撞撞地往家的方向赶。

男人回到家时，精神很差。

羊可问，那把钱呢？

男人低着头说，输了。

羊可说，你怎么就敢玩牌就敢输？羊可没有想到，揣着一把钱的男人，偏偏就把钱输掉了。羊可觉得，男人跟她开了一个很大的玩笑。

男人抬起头，像拔出了胸口的刀，渐渐来了精神。他大声吼：好多人在玩牌，我就不能玩？再说，人家那些话难听死了。男人越说越有理。

羊可越听越气。羊可的气慢慢在心里形成。

羊可晚饭没吃，就上了床。

床上，输掉了一把钱的男人鼾声四起。

夜里，就下起了雨。

羊可心里的一股气越憋越大。

羊可想好了，他要男人要回输掉的钱，要不就报派出所。

羊可早早地起来，一把拉开盖在男人身上的被子。男人说，你让我睡会儿，今天，雨水了，过不了几天，就要在田地里忙活了。

羊可说，不睡了，跟我到镇上去，把输掉的钱要回来。不然，就报派出所。

男人不依。

男人说，钱输掉了就输掉了，往后再挣。你要是到镇上去闹。钱不但没有要回来，还丢人，让人家说自己输不起。

羊可说，我们家是输不起，你要不去，我去。

男人说，你要去，我就要揍你！

羊可说，你要揍我，我也去！

男人很气愤，一巴掌扇在了羊可的右脸上。

羊可的脸上火辣辣的。

哗啦哗啦，雨一直下着。羊可没有穿雨衣也没有撑伞，火辣着脸走出了家门。羊可没有想到，雨水的雨会这么大，遮没了视线。

羊可去了镇上。羊可在去镇上的路上发誓，她一定要要回那把钱。

羊可一身雨水的到了镇上。

羊可去了派出所。

羊可一身雨水的到了派出所。

羊可在回来的路上发誓，一定要离开自己的男人。她不想再这么窝囊。

羊可回来时，浑身湿透。她把男人输掉的一把钱放在了桌上。羊可觉得，她不是放着那把钱，而是放着金黄的稻谷和洁白的棉花。

男人对羊可的回家没有表现出高兴。

男人见着那把钱后也没有表现出高兴。

羊可在家里仔细地清理衣服。

羊可把要离开男人的想法说出来了。羊可说，脾气丑的男人，来吧，再给我的左脸一巴掌，让我再一次感受火辣的感觉。

男人觉得眼前的女人非常强大。男人握了握拳头，最终下不了手。

羊可翻出一件大红的袄子穿在身上，在镜子前照了照，没有觉得哪地方不合适后，提起箱子，走进了雨中。

羊可自己记得走出家门的日子是雨水。

那把钱仍旧放在桌上。男人先看了那把钱一眼，再看着羊可出门的。他没有想到，雨水的雨会这么大，遮没了视线。他再也看不清羊可时才明白，是自己的一巴掌打走了自己的女人，也输掉了自己跟羊可的一段感情。

那把钱，男人狠狠地甩进雨里。

很快，那把钱花瓣一样地落下。

很快，每一张钱，让雨水的雨，轻轻地淋湿。

芷兰秀发

“收头发——”长长的声音在邱家庄响起，邱家庄人知道：是那个收头发的中年人来了。

邱家庄很多的女孩是在那个中年人锋利的剪刀下，结束自己的长发时代，芷兰也不例外。

中年人背后挂一个陈旧的牛皮包，芷兰一口气追上那个中年人，说，师傅，你等等！

芷兰跟中年人站在夏天，站在夏天的树下。

夏天很燥热，树上有一只肥肥的蝉着力地鸣叫。中年人稳稳地站在芷兰的背后说，开剪了，给最高的价。

芷兰脸上带笑地说，开剪吧，师傅。

安生没上前拦芷兰，他知道自己拦芷兰不住，只好远远地看着，汗一粒粒在脸上在身上无所顾忌地生长又流动。

中年人掏出了亮而净的剪刀，剪刀张开嘴，吃发的样子干脆而贪婪。

芷兰就听见脑后有一种很脆的声音传来，那是剪刀断发的声音，极像芷兰的手平缓地撕碎青青菜叶的声音。

中年人一把挽着断落的芷头的长发，满意地说，这是我见过的最好的长发！

芷兰掉转身来，眼泪就珠子一样地落下来。芷兰说，师傅，你别说了。

中年人把头发放进了牛皮包，然后拿出钱，给了芷兰。

芷兰一把捻着钱，一转身，就走了，身后是越来越热的夏天。

芷兰转身离去的背影留在安生的眼里。

安生追上了中年人，说，师傅，我出钱买下你刚刚收来的头发。

中年人摇头。安生又说，我出双倍的钱。

中年人迟迟拿出长发，狡黠地看了安生一眼，说，拿走吧。

很多剪了长发的女孩走出了邱家庄，芷兰也不例外。

芷兰跟安生翻上高高的澧水大堤。芷兰说，我的长发剪了，卖的钱，作路费，你回去。

安生没有拉住芷兰的手，呆呆地站在澧水大堤上。

安生在芷兰的脑后没有留下一句话，芷兰就走了。

安生回来做了一个木匣子，木匣子做得极精致。在木匣子的底部，还刻了一行字：芷兰秀发永久保存。字刻完，安生想到了上漆，里面上的是黄漆，外面上的是红漆，还用绿漆做了边，等油漆一干，安生就把芷兰的长发留在匣子里。

安生没事的时候，就打开木匣子，用手摸摸长发，然后一笑。合上匣子那刻，安生像看见了披着一头秀发的芷兰，觉得芷兰还在庄里。

邱家庄不断地传来芷兰的消息：说芷兰在外面做了小姐；说芷兰跟了一个大她四十岁的老头……

消息一个比一个坏。安生却不当回事。

汹涌的澧水冲决大堤，狂妄地进入邱家庄的夏天。安生什么也没带，手上拿了木匣子，奔向大堤，水就在他的身后追赶。

安生上到大堤上时，老村主任一把拉住他，说，安生，庄里还有人没上来。

安生说，我去，你替我管着匣子，要回不来，你把匣子给芷兰。说完就把匣子往老主任怀里一塞。

安生很快就把船往水里划，船在浑水里就像一片漾着的黑色菜叶。

很快，安生就救回来一个老汉。

很快，安生又救回来一个女孩。

安生再没有回来。

水退了。

芷兰回来了，头发让几枚发夹护着，发夹的颜色比夏天的颜色还扎眼。她身上挎着的包，在邱家庄的夏天晃荡精致。

芷兰坚信，安生不会走。

芷兰在邱家庄寻找安生。她没见着安生，就打听。有人说，安生走了。

芷兰还不信，好好的安生怎么会走呢？

芷兰眼里的树往上长了，树上歇了肥肥的蝉，蝉又在鸣叫。芷兰在自己断发的树下找到老主任，问，安生呢？

老主任说，水灾时，走了。

芷兰信了。

芷兰没哭。

芷兰要走，老主任说，芷兰，安生还有一样东西在我家里，你回来了，以后你就保存好了。

芷兰说，拿来看看。

老主任很快拿来木匣子。芷兰一手接过木匣子，老主任就走了。

握在芷兰手里的木匣子很轻。她打量了一会木匣子，再把底翻过来看，她一眼就看清了那一行字：芷兰秀发永久保存。

芷兰打开匣子，匣里是一把乌亮的头发，安静地卧着。

芷兰口里喃喃：安生，你把我的头发要回来了？

芷兰轻轻地把匣子搁在地上，一枚一枚地松了扎眼的发夹，从包里掏出那把小剪刀，小剪刀在一小口一小口地吃那些头发。

邱家庄的眼里，芷兰的秀发一根根一缕缕无序地下落……

远远地，过来一个人，是那个收头发的中年人，芷兰没有唤住那个中年人。

"收头发——"

那个中年人嘴里发出的声音，长长地忧伤地响起。

芷兰这才知道，这个夏天真的距那个夏天很遥远很遥远了。

椅 子

芋头的屋对着那块地。可以说，芋头眼一睁，就能看见地。

天色渐渐暗了下来，秋风时有时无。风来的时候，吹得芋头屋头的枫树叶，哗啦啦地响。芋头在身上加了件衣，从屋里搬出一把脱了漆的木椅来，木椅稳稳地站在了门边。

芋头就坐在木椅上。这个秋天的风就在芋头的脸上过，就在芋头低矮的屋上过。

芋头！女人在屋里喊了一声。女人眉清目秀的，头发也梳得精致，见芋头没有应声，女人缓缓地从屋里出来，轻巧地倚在门边。自然地看了一眼对面的坡地，然后就说了一句，原来你芋头在门口傻坐呃。

芋头听声音就知道，女人就站在背后。

趁女人还没有来的时候，芋头就看了对面的坡地一眼，也就是这一眼，芋头一下子看见了棉桃。芋头在心里愣了一下，那不是棉桃吗？要下雨了，人家往屋里跑，你棉桃还在那坡地里收啥子豆？

芋头很快收回了目光，并且快速地侧了一下身，目光自然地落在了女人的脸上。

女人早就看在眼里，从倚在门边时起，她就看见了对面坡地的棉桃。女人故意问，在看啥？芋头！

芋头不再侧着身子，把所有的慌张立刻藏起来，两只手不停地摸着椅子的靠背，不急不忙地说，没看见啥，你看见啥了？

女人一下子让芋头问急了。停顿了一会儿，才说，啥也没看见！

芋头知道，棉桃男人春天在工地上要不出事，肯定会和棉桃一起收豆。

芋头用手移动了一下椅子，椅子发出了响声。女人就发一句话，你芋头的屁股莫揉坏了椅子。

芋头说，你当芋头是猪？我爱惜着呃，做把椅子不容易。

女人闭着嘴，又发话了，芋头，我看见了一个人，好像是棉桃。

芋头装着惊讶的样子，回了一句，棉桃在哪？女人说，芋头你自己看，在对面的坡地。

芋头看了一下说，看见了，是有一个人，怕不是棉桃。芋头的手又来回摸着椅子的靠背。

女人又补充，怎会不是她棉桃？明明是她棉桃，还说不是，芋头你真是不想跟我过了。

芋头不说话。

女人的眼里，是一天的雨，再就是棉桃一把一把地割豆。很快，雨就粉条一样地下起来。女人想，我就让你芋头急。

芋头的手不停地摸着椅子的靠背。芋头想，棉桃，你咋不回来，淋了雨要生病的。

女人这时补了一句，芋头，你不心疼。

芋头再侧身看了女人一眼，说，给棉桃送雨衣去，顺便帮她割几下。

女人一动不动，仍旧倚在门边，白一眼芋头，说，不是说你芋头，凭啥要我送？你心里有她，你去。

雨是从那边地里落过来的。棉桃在地里淋着雨。

芋头对女人说，你不去？

不去！女人说，又白了一眼芋头。

芋头坐不住了，便站了起来，女人又使劲一把摁了下去。女人说，你芋头急啥？

芋头说，人家棉桃也是人。没个人帮她不行。

女人说，轮得到你帮她？他村主任这时瞎了眼，你在旁边瞎帮个啥？

芋头说，你还敢摁我，我打你手。芋头一下就站了起来。

女人就跟芋头赌气，你要去了，咱就离。

芋头说，离就离，怕卵！

芋头就冲进了雨里，雨像不认识芋头似的，落在芋头的肩上。

凉在女人眼里的是芋头坐过的椅子，女人当那椅子是芋头，又当那椅子是棉桃。

女人看着芋头艰难地走上坡地，就跺了一次脚。跺完后，女人又仔细地看着地里收豆的棉桃。

坡地里，芋头跟棉桃一前一后地收着豆。

雨不停地落在棉桃的地里，落在芋头跟棉桃的身上。

雨没有完全模糊女人的视线，女人轻蔑地看在眼里，你芋头知道做把椅子不容易，再娶个婆娘就容易?

女人忍不住骂道，杂种的芋头！骂完，脸色就冷峻起来。女人用脚狠狠地踢了一次芋头坐过的椅子，踢翻的椅子泥块一样地落在了禾场。

下着的秋雨，很快湿透了椅子的身子。

天 眼

尚二的名气让村长毁。

雨是那天夜里落的，哗哗啦啦的雨下了一整夜。

村长家屋漏。屋一漏，村长女人就坛呀罐的接得心烦，顺手就摔了坛，坛脆响的声音并没有惊动在睡觉的村长。

天一亮，雨就停了。

村长女人就在村长面前生气，说，再不把漏止住，这屋就没人住了咧丝瓜。

村长看不得女人的生气相，就出去请人，也气一来，不就是喊个师傅？

尚二是村里的瓦匠，村里大小的活都是尚二的。尚二那天没事在树下纳凉，顺便也听听蝉在树上一声长一声短地叫，再叫，样子悠闲得蛮有意思。

远远地就见村长来。

也纳凉呀，村长！尚二坐在树荫下递过来招呼。

村长说，锅漏煮不得，屋漏住不得，当家的吵得霸蛮，辛苦你尚二师傅几天。

尚二看一眼村长，问，给现钱？

给现钱！

明天就去？

明天！

尚二没进村长家时就想，不能帮村长的忙，自己是做艺的是打工的，田里地里一趟子要种子钱，一趟子要化肥农药钱，做了工，不能不要钱。

天一亮，尚二就来了，村长女人备了烟备了酒让尚二抽让尚二喝。尚二就在屋上抽，就在席上喝。

到中午时，天气热。村长女人喊尚二师傅，歇会儿。尚二就歇。

天黑了，尚二才回去。

最后一天，尚二在村长的屋上留了天眼，村长女人不知。

检完村长的屋，村长才回来。

尚二说，屋检完了，该给工钱。

村长说，先记账，往后再结，不会亏你尚二。

尚二蔫蔫地回了屋。

村里一小学，年久失修，逢雨就漏。校长找到村长，说要村里花钱请人检漏。

村长应声，嗯。

村长又找了尚二。

尚二就在屋上检开了。那瓦也就翻得七七八八地响。

检完后，尚二找了村长，打了条子，说要领钱。

村长看了那条子，就对尚二说，上次我家的几天写进去。

尚二不写。

村长说，尚二，别不开窍。

天又雨。村长女人吼：杂种的，尚二！屋顶上留个眼，雨水漏进来，把台电视机都落湿了。

村长女人又吼村长：杂种的，丝瓜！请个给工钱的，偏要帮忙的。这回，修电视机的钱，远不止给工钱了。

村长悔，不该找尚二。

尚二再不做检瓦的活。就因为村长家的天眼。

有人说，尚二是猪，旁人的屋留得天眼，村长的屋哪留得的？

还有人说，既然，村长的屋留得天眼，那旁人的不也留得？

丝瓜老了。明显地老了的尚二坐在家门前，和尚二坐在一起的是丝瓜。丝瓜不再是村长。

丝瓜问，尚二，那个眼到底是不是你故意留的？

是我故意留的。

那你为么得要留？

你丝瓜也不该拿村里的钱，请我为你做事咧。

尚二，你没安好心。

丝瓜，你才没安好心咧。

老子要毁你的手艺。

老子也要毁你村长的位子咧。

果真，村长的位子是尚二毁的。

麦 青

日头往西移，坡上的光线，明显地比先前亮了。

麦青坐在山坡上看着自己的牛，女人坐在麦青的旁边。牛就在坡上不紧不慢地啃草。牛还对麦青不时地望望，麦青说，卖得了。

麦青女人回话，是卖得了，卖牛的钱要攒起来，往后用钱的地方多。

麦青瞥一眼女人，就开始吆喝牛，牛就在坡上的光线里走动起来。

麦青一口接一口地喝着谷酒。酒喝到了兴头上，女人劝他莫喝了，还要卖牛呢。麦青这才放了筷子放了杯，去牵牛。

麦青迈着晃晃悠悠的步子，那头牛的步子也晃晃悠悠，身后响起女人的声音，卖了牛的钱，好好拿着呢。

麦青就还两句，你当我麦青是三岁娃不晓得高低。真是的。

麦青还没回家，就有好多人知道麦青卖了牛，村主任也知道了。

村主任看见脸上还红着的麦青，开口说，麦青兄弟，卖了？

麦青就说，卖了。

村主任又开口，麦青兄弟的牛钱，借得？

啥用？麦青问。

村主任说，村里欠上面的税费，上午来催了。

麦青想，牛是自己喂的，这主好歹自己做得。麦青就点了点头。

麦青没有回家，麦青去了村里，当着几个村干部的面，拿出那包牛换回来的钱，朝村会计的办公桌上一放，村会计数了钱后，就开了借据。

麦青拿了借据要回家，村主任留他喝杯酒再走，麦青不依，说，出来半天了，得回去了，自己家的酒还没喝完。

麦青进屋没黑，女人见麦青没牵牛回来，知道是卖了。女人想，牛钱揣在他身上。

睡觉时，女人迷迷糊糊地问了一声，牛钱呢？

麦青在床那头答话，天不早了，还不睡？

女人的声音就没了。

眼看着，麦青的娃大了，一开学就要进高中了。麦青想自己要用钱了。

麦青没跟女人说，就去找村主任。村主任摇了摇头。麦青要走时，村主任说，村里是没办法想了，麦青兄弟你自己想办法还来得快些。

麦青只好装作没事的样子回来。

麦青狠狠心，想了另外的法子，让儿子上了学。

高中毕业，儿子回家种田。没两年，儿子谈了对象。麦青想，买电器置家具要的是钱，麦青从坛子里拈出那张借据又找了村主任。

村主任又摇了摇头。麦青回来的路上，一直想着村主任的那些话，对不住你呃！麦青兄弟。

麦青回来又狠狠心，想了另外的法子，让儿媳妇进了门。

没两年，儿子出去打工，回来接走了媳妇。

又不出一年，麦青的儿子又接走了娘，就剩麦青在守家。

守在家里没事，就容易想到借据，一想到借据，麦青就想到那头牛。牛没了，钱变成了薄薄的一张纸。怎么想，心里都不那么开心不那么暖和。

麦青想，这事还得找村主任，是村主任欠他的一头牛钱，不找他找谁。

村主任上医院检查回来的事，很多人知道了，村主任得了绝症，村里好多人看过了。麦青想，自己是跟村主任一块长大的。麦青买了一篮子鸡蛋，还抓了一只鸡过去。

站在村主任的床前，麦青说，那头牛换来的钱我一直瞒着。

村主任颤抖地说，晓得晓得，真不容易，麦青兄弟，再瞒一段时间就行了。

麦青想，你还要让我跟你一块瞒到土眼里去？

看着躺在床上的村主任，麦青这想法始终没说出来。

村主任的病情在加重，村支书说，村主任要你麦青过去。

村主任当着村支书的面说，麦青，我还怕你不来呢，当初你借给村里一头牛的钱，村里困难，我又还不上，往后就拿组织上给我的安葬费给你。

麦青说，村主任那怎么行？

那怎么不行？村主任很吃力地说出这几个字。

麦青领到钱的那天，心里很不是滋味。

鱼 籽

赵大满气愤鱼籽。

鱼籽跟赵大满过不去。赵庄有一塘，二十亩水面，是赵大满包的。那清清的水一满，塘就好看了，天气一暖和，鱼你追我赶浮上来，翻几朵水花，也好看着。

鱼籽常常到塘边去。每次去，他把“炸弹钩”放进塘里，那钩是特制的，一根线上扎五枚钩，每枚钩上都有诱饵。只要鱼上了钩，跑掉的少。

鱼籽钩回的鱼，用袋子装着提回来，赵大满没发现。

赵大满有一回看见鱼籽站在塘边，走过去问，鱼籽，你有啥事?

鱼籽就说，在塘边拉屎。

赵大满说，拉完屎就走，别在塘里拉鱼。

鱼籽说，我偏要拉鱼。

恰好，一鱼上钩了，鱼籽慢慢拉上鱼来，鱼着力拍打水的声音好响。鱼到岸边，鱼籽就一手按住，鱼摇头摇尾了几下，就成了鱼籽的了。赵大满看傻了眼。

没几天，赵大满对婆娘发话，要开塘放水，塘里再不放鱼。

婆娘弄不明白，好端端的，放啥水?

赵大满说，老子要你放就放。

塘水放干，鱼在塘里活蹦乱跳，赵大满跟婆娘下去抓鱼，鱼籽见了，大声骂赵大满：杂种的，断了我的鱼路!

赵大满也不回骂，只在塘里来回地抓鱼。他心里明白，是你断了我的财路。抓到婆娘身边，小声说，婆娘，你都听见了?

婆娘点一下头，又继续抓鱼。

赵庄最恨鱼籽的是廖小花。

廖小花男人要去南宁打工。廖小花拦他，男人不依，还说，那边找到了事。廖小花见拦他不住了，站在门边，看他背包一打，出了门。

廖小花胆小，晚上要公公过来做伴。公公是老实人，媳妇开口说了，也就过来做伴。

廖小花睡里屋，公公睡外屋。井水不犯河水，都睡了一年多了，相安无事。庄里人都明白，鱼籽也知道。

懒洋的风在地里有一阵没一阵地过。

地里空旷。廖小花那天在地里播豆子。豆子装在一个蓝色的铁桶里。廖小花抓一把点几行，点几行装一把。豆子播到一半时，廖小花没想鱼籽在后面一把使劲地抱住了她。

鱼籽说，做一回你的男人，这回就做了你。

廖小花挣脱开来，先一巴掌打在鱼籽脸上，然后一口咬了鱼籽的手，嘴里还说，你以为我真的胆小。

鱼籽作声不得。鱼籽就头也不回地跑出了地里。

廖小花吼，还敢说做，我就废了你。

廖小花把那个铁桶朝鱼籽跑的方向摔，铁桶落地的声音很响，就在那一声响里，桶里的豆子水一样溅出来，胡乱地落在地里。

我恨死你。我恨死你。然后，廖小花再不点豆，在地里跑来跑去，嘴里一个劲地说。

天挨黑，公公才过来，懒洋的风仍在地里有一阵没一阵地过。

公公手拉着廖小花回来。廖小花回来就疯了，闹着要跟公公睡。

公公说，我是你公公呃。廖小花说，你不是我公公。

往后，廖小花见人就傻傻地笑。

鱼籽也恨赵庄人，是赵庄人报的案。鱼籽没弄清到底是谁报的案，双手就戴了手铐，就让公安局的人带走。

带走那天，赵庄没一个人看鱼籽。鱼籽走前面，几个公安走后面，各家各户的门锁着。走过赵大满的门前，赵大满家的门也锁着。

公安局的车就停在村口。廖小花却在那辆车旁，手舞足蹈。

廖小花冲来的人傻傻地笑。

鱼籽对廖小花大声说，廖小花，我不恨你。

鱼籽不肯进车，两眼望着廖小花，还想说什么。两个公安用力把鱼籽塞进了车里。

车一走，廖小花再不疯了，一步一步走回来。

福鱼

我跟福鱼是春天去城里的一家建筑工地上打工的。那年春天，工地上一片敲敲打打，雄伟的塔吊上下来回地吊装钢筋、模板、混凝土，还有一些预制件。

我跟福鱼在工地打灰浆，是属于干苦力活的那种人。我负责往搅拌车内倒水泥，福鱼用斗车拖卵石，还有一个工友小牛负责用斗车拖黄沙。一天活儿干下来，我常常是腰酸背疼。

福鱼像一点事没有。

福鱼比我个子大，干起活来，有使不完的力气。

下了工，福鱼拉着我就在工地附近走走，逛逛。有一回，福鱼跟我商量，再往前走走。我没同意。他径直往前走。我看着他的背影远去。

福鱼回来的时候，很晚了，脸上挂着高兴。他小声对我说，前面的街巷里，有女人愿意跟人睡觉。福鱼说的那种女人，就是为了求生存不得不出卖肉体的女人。

我跟福鱼说，别说了，明天还要打灰呢。

福鱼这才躺下。

刚在工地上打工的那段日子，福鱼几乎每一个晚上是跟我睡在一个铺上的。自从他在那条街巷里跟女人睡过后，他往往后半夜才回来，才闹醒睡梦中的我，才小声地不好意思地跟我借钱。我把钱借给了福鱼。

包头发了我们干活的工资，福鱼把借我的钱还了我。

转眼夏天了，晚上睡眠时间短，福鱼还是出去。福鱼回来的时候，没了春天时的高兴劲。他再不闹醒我，径直躺下。

夏天，我再看福鱼，福鱼明显地瘦了。

搅拌车在不停地搅拌混凝土，它把一些水泥、卵石、黄砂和水吃进去，再吐出混凝土来。福鱼拖一斗车卵石显得非常吃力。我跟福鱼说，福鱼，你咋拖不动一车卵石？

福鱼苦笑。然后说，拖得动，不信，你看看，卵大个事？福鱼跑到卵石场，很快拖来一车卵石。我笑。福鱼也笑。

福鱼再次向我借钱的时候，我说，福鱼，你干了一个春天，加上半个夏天，手头还没攒到钱呃。

福鱼摸着后脑说，也是呃。

我劝福鱼。福鱼，你往后再不去那种地方，那地方要钱花的。

福鱼口头上答应不去了，好像是在听我的劝。实际上是口袋里的钱不答应他去了。

往后，福鱼下了工，就买酒喝。酒是那种低档酒。有一回，福鱼喝得双眼通红，在工地上拖卵石，让包头发现了。包头说，福鱼，你在街上找女人，我管不着你，你再喝了酒在工地上干出点事故来，我对你不客气。

那一天，福鱼受了很大的委屈。福鱼捏紧了拳头，有狠狠揍包头的迹象，很快，我制止了他的冲动。我小声对福鱼说，你打包头，就是跟你自己的钱过不去，你打了他，你得拿钱给他治。说不定我们的工钱都拿不到手了。

福鱼那天给了我很大的面子，他才没动手。

秋天。福鱼变得又跟春天来工地时一样了。下了工，吃了饭，洗完脚，就在床上睡。他也不出去找女人，更不喝酒了。

我跟福鱼在工地上卖力干活。有一个女人找到了工地，我看了一眼那个女人，比福鱼的女人长相要差，身材要差，气质要差。

福鱼很自如地推着一斗车卵石，往搅拌车里倒完。女人很直接地找了福鱼。女人说，福鱼，你亲口说要把睡我的钱送来的，都几个月了，你说话不算数，还是不是个爷们？

福鱼一把拉住女人，小声说，不就那几个钱，我回头跟我兄弟借了，他手头也没有，再说，我不在工地上好好的干着活吗，又没有跑。

女人说，福鱼，是爷们就得讲信用。到年底，回不家，可以到我那儿过年，要回家，我给你路费。

你小声点，免得我兄弟听见。福鱼说。

女人给足了福鱼面子，走的时候说，莫忘了来看我。我见过的男人中，就你算个爷。

女人跟福鱼说的每一句，我都听见了。下工后，我说，福鱼，那女人当你是个爷，就得有做爷的样子，我把钱借你，回头还上她的钱。

福鱼拿着我借给他的钱，就走了。

晚上，福鱼啥时候回来的，我没有觉察到。

雪天来临之前，我们工地上的活干完了。干完了活，包头就给我们结了工资。

我们坐在工棚里。福鱼说，兄弟，我不甘心，快一年了，就拿这点钱回去。

我说，福鱼，你还有啥想法。

福鱼说，还有一个冬天，我还要在城里扎实干一个冬天。

我依了福鱼。

我背着包就回了村里。

年底，福鱼回来的时候，很风光。他请了一个司机，帮他开回了属于他的宝马。他要司机把宝马停在我家门口。

这辆宝马送给你！福鱼跟我说。

福鱼说，他还要买一辆。

我说，福鱼，不可能吧。

福鱼说，咋就不可能？你回来后，我去找了那个女人。那个女人说，天冷了，外面的活不好干了，就让她养着。我依了她。那天，她带我到彩票站买了彩票。没想到就中了，我还往她的卡上打了钱。要不是你们俩，我也没有宝马。

那一刻，我他妈觉得福鱼就不是普通人，简直就是一财神。

破 鞋

土狗在家里相亲的时候，土猴赶着那头不大的白猪上了坡地。他用一只单眼还不时地回头望望屋头上冒出的青烟。

土猴边赶猪边想，这回土狗的婚事要成了。

土猴就在坡地里放猪。这是春天，坡地里长出了嫩草，白猪像天上掉下的一小朵云，有一口没一口地吃着。

土猴想过，放大了猪，土狗结婚时就有肉吃。

放饱了猪，土猴看看就要下山的太阳后，就跟猪慢慢地回来了。

土猴娘说，你弟的亲相了，还成，锅里煮过的蛋还有两个，拿了吃呃土猴。

土猴拿了蛋就吃。土猴吃得急，一口就一个。

吃完蛋，土猴用舌头舔手时就听娘说，娘有事要跟你说呃。

土猴就停了舔手。

那是山村宁静的夜晚，有一些山风朝屋子里吹。昏暗的油灯下，土猴娘说，土猴，不是娘不给你说亲，就怪你自己是只单眼，娘把你放在那些姑娘家面前，娘没有话说。

土猴就回一句，明白呃。

土猴娘说，你兄弟土狗这次快成了，还得你帮忙呃土猴。添了人，就得多栽一丘田，多种一块地，还要喂大那头猪。

土猴就回一句，明白呃。

冷的雨成了热的雨冷的风成了热的风，转眼夏天了。土狗就踩着夏天的步子，去办结婚证。

土狗的结婚证没有办回。土狗就一路沮丧地走回来。

天没黑尽，一身臭汗的土狗还坐在树底下想办法。

洗完澡的土猴望望想办法的土狗。就问，啥事憋住了？

土狗说，自己的年岁小，管证的人不让办结婚证。

土猴说，你不找我？

找你也办不上。土狗回过来话。

用我的名字我的年岁呢，保证管用。土猴说。

果真，土狗就用土猴的名字和年岁办回了结婚证。

证办回来，土猴对土狗说，狗狗，往后要弟媳妇给绱双鞋穿。

土狗应声，行！

土猴每次出门，就说，土狗结婚时，有我一双鞋穿呢。

土猴做梦都想穿弟媳妇绱的鞋。

土猴那晚上睡到半夜，嘴里说，鞋呃鞋呃……

天一亮，土猴娘问土猴，昨晚上咋了？

土猴就一句，不明白。

那头春天里土猴放过的猪杀了，土狗就要结婚了。

土猴就趴在桌边吃着肥肥的肉，吃着香香的饭，吃饱了肉吃饱了饭的土猴就等那一双鞋。

土狗就在爆竹声中就在唢呐声中结婚了。

土狗媳妇没给土狗绱一双鞋。

土狗也忘了给土猴一双鞋。

每每看到土狗穿着新鞋出门，土猴心里难受，一只眼里还流了泪。

土猴想对土狗说，你答应的鞋呢？

土猴就对自己说，再等些日子，等土狗穿旧了再给也行。土猴就揩干了泪。

快过年了，土狗对土猴说，要到丈母娘家过年，看着屋呃。

土猴就说，明白呃。

换掉了衣，换掉了鞋，土狗跟媳妇一前一后就出门了。

土狗的鞋放到了窗台上，土猴看见了。

土猴就快速地褪掉自己的鞋，穿上了。

土猴又快速地褪掉了鞋。土猴找来一把砍刀，刀起鞋破。

砍破了鞋，土猴娘过来说，土猴你不该呃。

土猴说，土狗他不当我是他哥，我就要破他的鞋呃。

土狗跟媳妇回来，一路走一路有说有笑。

土狗媳妇说，你家土猴好呃，做事不躲懒。

土狗说，是好呃，喂的猪都给我们结婚用了。

土狗媳妇说，我娘上次做鞋忙不过来，后来有空，替他绱了两双。这回，土猴肯定喜欢咧。到家了，你拿给土猴穿，看合不合脚。

土狗拿出一双新鞋朝土猴面前一放。

土猴说，留着你自己用，你那鞋我破了。

土狗媳妇说，破了就破了。

土猴双手接过鞋，呆呆地站着。

唐小蕊和她的那个下午

唐小蕊的那个下午开始时显得有点平静。

唐小蕊坐在蓝风洗脚城柔软的沙发上，看着一些脸上红润的中年人进来。一般来讲，唐小蕊是不用跟客人打招呼的，除非是熟客。打招呼的是领班，领班长得比较妖。招呼的话语也有点妖。起初来蓝风洗脚城时，唐小蕊觉得领班的招呼很有磁性很有魅力，撩得那些脸色喝得红润的男人喜欢。渐渐地，在唐小蕊听来，那些很妖的招呼不过是她让男人肯留下来肯掏钱而已的一种伎俩。渐渐地，唐小蕊对领班的招呼常常是充耳不闻，倒是喜欢听她叫自己的名字。

唐小蕊没有看领班。那些进来的客人就上楼了，楼上很小的包间里就是洗脚的场所。

唐小蕊在等客人的到来，在等领班叫她的名字。

唐小蕊在安静地等候。

那个下午就像一条小鱼，在时光的河流里有过一下轻微的摆动。唐小蕊已经感觉到那种摆动。那个下午对她来说似乎很重要，似乎一点也不重要。

没有客人进来。唐小蕊就想到了跟自己密切相关的一个人，想到了邱语。邱语到底会不会来找自己，甚至会不会来扁自己？

唐小蕊跟邱语的相恋是有原因的。唐小蕊那天去村主任家吃酒，邱语也去了。正好邱语跟唐小蕊坐一桌。上菜的时候，端菜的人一不小心，手一抖，盘里的油汤溅出来。唐小蕊干净漂亮的衣服没有躲过，也就是唐小蕊没有躲过。细心的邱语很快地递过来一块餐巾，让唐小蕊把那块显眼的污渍擦掉。

唐小蕊就对邱语一笑。那一笑就成了他们后来相恋的直接原因。

唐小蕊后来发现邱语不是自己想要的那种男人，就想到了离开。

唐小蕊很认真地告诉了轻松着的邱语，我要离开你！邱语以为唐小蕊是说着玩的，还轻松地一笑，说，唐小蕊呀，跟你才开始呢。

唐小蕊跟邱语的分手也是有原因的。那个原因来自邱语的一个要求。邱语看着唐小蕊日渐丰满迷人的身体，就说，唐小蕊，女人都要让男人来摸的，让我摸你一次。猝不及防的唐小蕊没有想到邱语曾经斯文的一个人，一下子会怎么这样粗俗。

唐小蕊让邱语摸了。她迅速地逃回家，脑后飘起的是缕缕自己乌黑的头发，再就是邱语尖声的叫喊，唐小蕊，唐小蕊，我再见到你，就要扁你。

唐小蕊回忆着这一切的时候，身上就慢慢地浸出汗来。那些长在脸上的细小汗粒，还是让领班看见了。

领班说，唐小蕊，你脸上有汗。

唐小蕊回过神来，对领班很舒心地一笑。

楼上先前来洗脚的人陆续下来了。邱语就是在一个客人舒服着出门时进来的。唐小蕊一眼看出了邱语。邱语像是喝过了酒，脸上很红润，头发很零乱。

领班的话打乱了下午的平静。

领班对唐小蕊说，唐小蕊，来客人了，给这个客人洗次脚吧。

唐小蕊身后跟着的是邱语。唐小蕊轻易地上了楼，邱语上楼很轻易。

包间里有点暗。唐小蕊很自如地把水放在躺着的邱语脚边。很迅速地，唐小蕊脱掉了邱语散发着异味的袜子，并把邱语的一只脚放在了不热不凉的水中。

唐小蕊使用着从师傅手上学来的各种功夫为邱语揉捏挤擦。舒服的声音伴着邱语的鼾声，不断地在唐小蕊的耳边发生。唐小蕊尽力克制自己不跟邱语说一句话。

唐小蕊为邱语穿好袜子，扶起邱语的身子后，说，先生，洗完了。

邱语比唐小蕊先下楼。邱语下来对领班说，单子，唐小蕊来买！

唐小蕊下来的时候，看见邱语已走出了门。邱语的乱发在下午的风里更乱了。

唐小蕊很自然地坐在沙发的柔软上，她真的不知道，邱语怎么一句话不跟自己说，当初他不是扬言要扁自己的吗？

唐小蕊眼前的下午像鱼一样地再次摆动一下，很快地，就像邱语一样快速地走远。她觉得下午很快就要结束了。

下班前，领班跟唐小蕊很妖地说，唐小蕊，不好意思，下午那位先生的单子要你来买。

唐小蕊站起来，说，领班，我买，就从我这个月的工资里来扣。

领班又问，那位先生是你什么人?

唐小蕊很高兴地说，我的家乡人，来一回城里不容易，给他买一回单也是应该的。

领班说，要真是你家乡人，这单就我来买。

唐小蕊看看领班，她第一次发现，领班说话，一点不妖。

宁娃家的猪

开春的时候，宁娃爹买了一头猪崽。宁娃两眼盯着爹牵回猪崽来。宁娃爹说，好点喂，年底杀了吃肉。

宁娃下了学，就一个篾篓背着，坡上坡下地扯草喂猪。有时候，宁娃还把那猪放出来，等着那猪鼓着肚子慢悠悠回来。宁娃爹看在眼里，说，千想万想吃肉，莫丢了那些字呃宁娃。宁娃说，不会的。放猪的时候，我还看着书呃。八月里的蝉使劲地鸣。村主任马为民走进宁娃家的时候，宁娃还在听着一路的蝉声回家。

马为民对宁娃爹说，秋后了，上次欠的提留款，再不交，就喊人来拉猪了。

宁娃爹站在门边说，马主任，宁娃的学费还欠着呃，到年底，等猪大了再说。马主任说，年底不行，到时候，你的猪走路了，村里的提留款又得黄了。

宁娃爹说，那就随马主任的意思办，反正猪在栏里，藏不住，要拉猪就拉猪。年底，我跟宁娃到马主任家里讨片肉吃。宁娃爹说这话的时候，宁娃再没心思听蝉声，正好听到了爹的话。

马为民悠晃着走不远，宁娃就用手指着马为民的背影说，亏你想得出，心这么黑，怎么当上村主任的。宁娃爹一见，赶紧说，娃，谁让你用手指村主任的？他是村里的大人呃。你还小，长大了，不讨人喜欢呃。宁娃说，莫听村主任的话，他不敢拉宁娃家的猪，他和妇女主任刘金桂睡过觉。

宁娃爹一听就骂：小杂种！那话是你瞎编得的？

天一黑，宁娃就摸黑出去了。宁娃摸黑回来的时候，宁娃爹没问。

天一亮，宁娃说，爹，我出去了。宁娃爹问，去哪儿？宁娃说，不远，反正在村里，过一会儿就回来。

出村口的树上，挂有一块木牌，木牌上写有一行字：马为民和刘金桂睡过觉！宁娃就坐在那块木牌前，也就是坐在那棵树前。早晨的风，凉凉地吹过来。

马为民过来的时候，看见宁娃，就问：这么早就在树下？宁娃说，有人要我守着这牌牌。马为民朝那木牌上看了一眼，又望了望宁娃，宁娃，谁写的？宁娃说，是别乡的一个人写的，我认得，那人牛高马大，脸上还有刀疤。走的时候还说，他坐过牢，谁擦了找谁。

马为民想，自己就跟刘金桂在山窝子里睡过一回，没人看见，咋就让人知道了？让村里人见到了，还得了？

马为民说，宁娃，你把字擦了，再把那牌子取走。

宁娃说，那人说，他就是要写给村里人看的，擦了，村主任不就没事了？

宁娃，你告诉我那人是谁，我免去你家的提留款。马为民说。

宁娃说，我家的提留款不让你免，我爹说了，村里要拉猪就拉猪算了。那人我不告诉你！你要擦了，他来了，我就讲是村主任擦的。

马为民说，那我就还免你家的义务工。你爹的腿都不方便了，冷天里他就不用到北山沟出淤泥巴了。这下要得了？

宁娃说，村主任说话可算数？

哪回不算数了？马为民说完又看了看路上，见没有人来。

那你给我写在本子上，我这儿有纸有笔的。宁娃说。

马为民的字就落在了纸上，宁娃就一把握着那张纸。宁娃说，写这话的人不是外乡的劳改犯，是我。宁娃看着村主任的时候，马为民呆了。

宁娃走的时候说，马主任跟刘主任的事，我不说出去就是了。

马为民、村会计老王、妇女主任刘金桂、治保主任小李去宁娃家收提留款。走到半路上，马为民一摸后脑壳，这才想起一件事儿，说，宁娃家就不去了，我上次看在宁娃还小宁娃爹腿不方便的分上，让他打了一张条子，就算免了。这事我都忘了，瞧我这记性！

妇女主任刘金桂说，马主任是怎么了？一向不讲免的，怎么一开口就讲免了？怕不是你那记性，可能是你那德性，真是的！

马为民说，老王不讲，小李也不讲，亏你刘金桂嘴里吐不出好词，还讲呃。

马为民瞥了一眼刘金桂，再不说话。老王说，莫讲莫讲了，不去就不去了。

年底，宁娃家杀了猪。杀猪那天，宁娃爹始终不明白，本来要让村里牵走的猪，马主任为什么却没来牵？

杀了猪，宁娃爹说，猪好歹是马主任留下的，给马主任送块肉过去呃，宁娃。

宁娃说，马主任他不敢要我家的肉。

宁娃爹一吼，娃你还小，这话你乱说不得，长大了，不讨人喜欢！

宋苍生

宋苍生是医生，是镇卫生院的医生。

在镇里，宋苍生的名气大过镇长。县农业局的胡干部来镇里蹲点，来后就急急地下到村里，问了村里的几个村民认不认得镇长？村民摇头。胡干部问急了，村民就说，我们只认得镇卫生院的宋苍生。

作为医生，宋苍生会打针，他的针打得猛而准，扎下去有力。扎过针的小孩会在他扎针的那刻，“哇”的一声哭出来，哭声尖锐。镇卫生院里经常有男娃女娃的哭声响起，都是让宋医生的针打的。

后来，有小孩见了镇长不躲，见了宋医生就跑，以为又要打针了。

经宋医生诊好的病人，常说他人好，不收人家的东西。经他看过的病，多而杂，他往往手到病除，开几味药，没几日就好了。病人自然提着鸡呀什么的来谢他，他总是推托，提回去提回去。

有些特殊的病，他一看，就劝病人家属：赶快转大医院，莫耽搁了时间。

镇里胡屠夫杀完自家的猪，就发觉肚子痛。人到卫生院，胡屠夫疼得直打滚。宋苍生一看，是胃出血，就说，胡同生，得赶快转院！

胡屠夫及时在县医院手术，把命救了过来。

胡屠夫回来说，是宋苍生救了我，你那时不催着我转院，就没命了。

宋苍生笑着回一句，是你命大。

宋苍生在镇卫生院干了10年。

卫生院优化组合，宋苍生不再在卫生院坐诊。

镇里很多人愤愤不平。胡屠夫也站出来，拍着胸膛说，宋苍生怎么能下岗？

偏偏宋苍生下岗。

宋苍生就回家跟女人种田。

宋苍生那天出去见了一个人，那人对宋苍生说，我们诊所也考虑了好久，你掂量掂量。

宋苍生回来对女人说，市里有家私人诊所要我。

女人也不拦他。

宋苍生在市里的一家诊所坐诊。

诊所来了一个病人，宋苍生查查体温，量量血压，说，我给你开不到十块钱的药，就行了。病人拿了处方，买了药，就走了。

两天后，病人来了。病人说，别的医院拿了我上百的钱，没见好转，宋医生只开几块钱的药，就治好了病。

宋苍生只笑了笑，啥也没说。

两天后，诊所的老板点了宋苍生的名，老板有话要跟他说。

宋苍生站在老板的办公室。老板开门见山，说，你给病人开的处方单，我看了。宋苍生，我不能留你。

宋苍生问，为啥？

老板说，宋医生，我们这儿，不光是诊所，说白了是药店，你要明白。

宋苍生一下子明白了。

宋苍生脱了大白褂，站在诊所的门口，仿佛站在药店的门口，双手作揖说，我宋苍生前半辈子很少吃药，在这里总算吃到了真药。

宋苍生风风火火回了镇里。一路上，开诊所的想法随着他的脚步，狂乱地奔跑。

一到家，宋苍生憋不住想法，说了。

女人问他，怎么从城里一回来，就想到了要开诊所？

宋苍生说，开诊所来钱，来头大，要不就白活了。

女人说，你以前不是这个样子的？

宋苍生说，你不懂，我不愿以后还是这个样子，要不就白活了。

女人说不过宋苍生。

宋苍生说，以后我坐诊，你做下手，发发药。

宋苍生的诊所就开在镇卫生院的对面。

宋苍生以一副温和的样子接待病人。在每一个病人的处方上，他密密麻麻地开着药。

宋苍生开好了药，就对女人高声喊，药要发准！

女人坐在药柜前，说，宋医生，看准了。

女人就在那深深浅浅高高低低的药屉里抓药，药屉拉得哗啦哗啦响。

女人抓好药，就在药房里包起来，包得仔细认真。

那天镇长感冒了，一脚踏进宋医生的诊所。

宋苍生为镇长把过脉后，就写起处方来，密密麻麻写满了单子。

镇长看过后问，宋医生，要这么多药?

宋苍生斜斜眼睛看镇长。他看了一会说，镇长说外行话了，这是个人诊所，亏了又没人补钱给我。再说，你镇长把药拿回去，不可以报销?

镇长拿了药只得出来。

宋苍生对着镇长的背影哼了一声，然后说，对面镇里的医院不去，来我这里，当我宋苍生是猪?

不出几年，宋苍生砌楼了。

宋苍生的楼砌得气派。

宋苍生常常和胡屠夫聊天，聊着聊着，宋苍生就感叹：胡同生，你干的是杀猪的活，我

干的是宰病人的活，我要不砌楼，就白活了。

胡屠夫抬头望宋苍生的楼，头上明晃晃的太阳晃了他的眼。他吐词很清：楼是高，没白活。

往后，镇里人眼睁睁看宋苍生富。

酒

长发在村里的本事就是酿酒。

一开春，长发里里外外忙乎着，泡谷，下药子，就酿。一路酿过来，直酿到年尾。

酒糟用来喂猪，酒用来卖。不出几年，长发富了。

每酿一次酒，长发要给村主任满柄送。

见长发来，满柄说，又酿了？

酿了。

长发送来的酒不多，就一小壶。那一小壶酒倒在满柄的酒瓶。长发就说，满柄，你悠着点喝，隔下一锅还有些日子。

满柄说，喝着你长发的酒，胃里头舒服，谢你长发呃。

长发说，不就几口酒，值得谢？

满柄说，值。

长发说，酒壶我拿回去，下次好送酒来。

满柄目送手拿酒壶的长发，直到眼里没了长发的身影。

只要长发送酒过来，满柄看见了，隔老远就喊，真不好意思让你长发跑过来送酒，上次的刚好喝光呃。

长发说，主任说哪儿去了，不就几口小酒？还在乎个啥？

长发从不在满柄家喝酒。满柄每次拉长发喝酒。长发笑笑后，说，一起长大的兄弟，回去了，有的是喝的！

满柄一听，一脸的傻笑。

长发往满柄家送酒的时候，村里的来劲也往满柄家送酒。

来劲第一次送酒，嘴里不知哼着是啥曲儿进了满柄家的门。满柄根本不拿眼睛看他。满柄说，你把酒带回去，我有的是长发送的土酒呃。

来劲说，满主任你还没喝呃，要喝了，你就知道了，我那酒比长发的强。他长发的算卵的酒。

满柄疑惑，真的？

来劲挤着眉弄着眼说，还会有假？

满柄说，你来劲要不坐下来喝一杯？

来劲说，还有事，村主任您慢慢喝。

来劲执意要走。

满柄留他，不坐了？

不坐了。来劲说完，就哼着不知是啥曲儿走了。

满柄喝着来劲送过来的酒，越喝越来劲，越喝越想喝。酒后，满柄说，你长发的土酒算卵的酒，他来劲的酒才是好酒，好酒！

长发送过来的酒，满柄再也没有动口。

酒一酿完，长发还是送一壶来。见满柄装酒的瓶子里还有酒。长发疑问，满柄主任喝不来我长发酿的土酒？

满柄说，长发，送了这几年酒，往后就不送了，留着自己喝吧，要不卖点钱。

长发说，不就一点土酒？钱又值哪？

满柄听了一笑，嘿嘿。

长发从满柄家出来，见来劲提着两瓶酒。长发问，找满主任？

来劲说，找满主任，你不一样？

长发摇摇头就走，一句话丢在脑后，说，你来劲找吧。

满柄见了来劲，说，屋里坐屋里坐。

来劲把提过来的酒往满柄的桌上一搁，就出来了。

村里修学校，开工前，包揽这个工程的有两个人，一个是长发，一个是来劲。

满柄为难了，给谁呢？

满柄自己也弄不清，这个工程往后是谁的。

长发家的酒香飘过来，长发又酿了一次酒。送酒时，长发对满柄说，算了，不跟来劲争。

满柄一笑，只有你长发知我满柄呃。

来劲就顺利地包到了工程。

工程还没完工，就出了问题，问题还不小。上面追究下来，满柄脸上无一丁点光彩。没几天，就不再是主任了。

满柄像换了一个人。

满柄肚子里有气没地方发，就想到了长发原来送来的酒，就一天天喝。瓶子见底时，满柄不喝了。

长发还是往满柄家送酒，还是原来的一小壶，还是往满柄的酒瓶里倒，还是拿着酒壶回家。

满柄一次次不让长发送酒，却一次次拦长发不住。

满柄开始后悔，当初工程要是给了长发，自己的主任位置怕还在。

满柄找了长发，说，长发，我明白了，你的土酒是真正的好酒，来劲他妈的是卵的酒，是毒药。

长发拍拍满柄的肩，说，你满柄早一点明白就好呐。

清风庭院

风从山那边吹过来，一直轻轻松松地吹过来。

竹筒背着一个包，那包像搁在他背后的南瓜，显然走了很远的路，嘴里出着粗气。

竹筒一手拉着一个人，是喘着气的易路花。

竹筒很快就翻上了庭院对面的高高山岗，岗上的光线渐渐地暗淡下来。

竹筒眼前散乱的是一些儿桃树杏树，桃树上的花朵正灿灿地开着，杏树上的花朵也是一个劲地白着，那些花影里，红砖青瓦的屋宇坚定地站着。

竹筒站着没动，背后的包也没动。他对身边的易路花说，你看呃。

脸上还在红润的易路花就看了一眼庭院，又看了一眼竹筒。

竹筒晃了晃背后的包，说一声，走下去。

竹筒没有想到易路花会放慢脚步。扭过头望着跟在身后怯怯走着的易路花，怕啥？不是说，不怕的？

竹筒，我就不下去了，嫂子面前我胆子大不起来。

易路花，你咋了？来的时候，还好好的？

竹筒又晃了晃背后的包，两个身影就走下山岗来。

竹筒女人站在门边，看见竹筒进了屋。

竹筒背后的包放在床头，就对站在门外的女人说，三个人的饭菜，还加一个人的铺，莫站在门外了，听见没？

竹筒女人说，听见了。

天黑了下来，桃花在夜里看不出她的红，杏花在夜里继续白着，清风一阵阵地在庭院里过。

竹筒跟女人睡在一房，易路花睡另一房。

竹筒女人说，你一走，我就听屋外的风声看树上的花朵，这几夜的风吹得爽，树上还开了花呃。

竹筒说，你声音小点，易路花在睡呃。坐了几天的车，想睡，不说了。

竹筒女人用腿轻轻地蹬了一下竹筒，说你呢，她怎么来的？让她听听也好。一说到她，你就急了？真是的！

路上碰到的真的是路上碰到的！床那头的声音。

上次你说不带回来的。咋的又带回来了？

她想看看你，我拗不过她。

往后，怎么过日子？

就在家里同吃同住。

娃从学校回来，看见了怎么说？

一口咬定是娃的小姑。

女人来了疑问，竹筒，怎么说，都不合适，住两天了，让她回去。

竹筒用手揪了女人的腿，说，你小声点呃。听见了得了？

听见了就听见了。女人没喊一声疼，又问，那包里的衣服，是买给她的，还是买给我的？

当然是买给你的！

竹筒女人一听，再不用脚蹬竹筒。

易路花没有入睡，听着竹筒跟女人的说话声。易路花小声说了一句，竹筒你不是说，那包里的衣服是买给我的，咋的又成了嫂子的了？

这一夜，风声时紧时慢，易路花听着，没有入睡。

天一亮，那些风还在庭院有一阵没一阵地吹。易路花没让竹筒女人喊，就起了床。

竹筒女人做饭，易路花就烧火。竹筒女人的脸上时常摆出笑来，易路花也跟着笑。

桌上，竹筒对易路花说，不是跟你讲过了，嫂子心里容得下你。往后住下来，不走了！

易路花瞥一眼竹筒，啥也没说，脸上又摆出笑来，竹筒女人也跟着笑。

易路花跟女人说，嫂子，晚上，我有话跟竹筒说。

竹筒女人叹了一口气，唉……你们说，只是别让竹筒忘了明天还有地要犁。

竹筒说，记着了。

竹筒背着犁就跟自己眼前的牛走了。身后是竹筒的声音，你跟易路花都到地头去。

易路花没到竹筒开犁的地头去。

易路花走上山岗，竹筒的庭院越来越模糊，清风从脸上过。竹筒女人跟在身后，易路花看了一眼，说，嫂子留步，不送了。

竹筒女人止步，在竹筒带回来的包里拿出一套衣服来，说，姊妹，跟竹筒进来一趟不易，没什么送的，就一套衣服，拿着！

易路花看了一眼竹筒的庭院，眼里的泪遮掩不住，掉了下来。

易路花用手拉着竹筒女人的手说，再不来了。衣服是竹筒买给嫂子的，嫂子就莫推辞了。

竹筒女人说，回去了，好好过日子。

易路花再也说不出一句话，就把竹筒的庭院搁在脑后，身边是一阵清风。

竹筒回来，问，易路花呢？

走了！女人回一句。

竹筒的脸色一下子怪难看。女人看了一眼，说了一句，竹筒你怕还是对我不住，藕断了丝还连。

瞎说，明天在地里下种！

竹筒的话像一件瓷器重重地朝女人面前一甩。整个庭院，都是竹筒响亮的破碎的声音。

兰花瓷坛

中午，汹涌泛黄的澧水冲决了大堤，水就快速地进入了刘家庄。刘家庄的下午一下子乱成了一团糟。

水就在一站身后蛇一样地追赶着过来。一站满脸是汗一路飞快地跑回来，一把拉出了正在清理衣服的桂兰，快走哇快走哇。

桂兰被一站一把拉慌了，失神地看着脸上汗珠滚动的一站。

桂兰失望地说，我的兰花瓷坛还没拿！

水犹如蛇一样地很快钻进了屋。桂兰来不及大喊，就踩着没膝的水出来，把屋留在身后，嘴里还在念叨，我的兰花瓷坛，兰花瓷坛。

水发疯一样地还在往上涨。

屋很快就倒了。那些土墙在水里软绵绵地矮下去。轰隆一声后，屋就让水吃了。

一站跟桂兰浮在水上，像两片飘浮的叶子。

桂兰的气息越来越弱。

一站嘴里不停地喊，桂兰。桂兰。

他们在水里泡过了一天一夜。水渐渐地退了，一站看见了一个兰花瓷坛。

一站喊，桂兰你看，咱们的瓷坛！

桂兰就在一站的这一声喊里，睁开了眼，看见了刘家庄的天空，看见了刘家庄那些没有倒下去的树，也看见了自己陪嫁过来的兰花瓷坛。桂兰吃力地说，是咱们的兰花瓷坛。

一站就一把托起了兰花瓷坛，另一把就托起了桂兰。

水就渐渐地退了。

一站和桂兰什么也没有，只剩兰花瓷坛。

一站对桂兰说，往后，你我的手里，就抱着这个兰花瓷坛，谁都不要松手。

桂兰说，我的命都是你一站给我的，我不会松手的。

一站搭棚。桂兰就把晒干的那些曾经让水浸透的棉絮与苇叶搬进棚里。

一站就去河边捕鱼。一站常常是踩着星光天出去，踩着星光天回来的，他的脚步声总是孤单地响起。

一站在河边仍旧捕些鱼换回家用。桂兰的脸上渐渐地有了笑容。

有一天，桂兰对一站说，用不完的钱就放进兰花瓷坛。

一站仍旧在河边捕鱼。一站第一次往坛里放钱，桂兰说，再过几年，坛里的钱就会放满。

一站说，坛里的钱放不满的。

桂兰问，为啥？

一站不说。

钱快点放满的时候，一站对桂兰说，要修屋了。

一站的屋修得气派，还在门前栽了几棵杨柳。

一站还去河边捕鱼。

一站在河边捕鱼时，遇见了一个女人。那女人比家里的桂兰长得好看。一站不舍得放弃那女人，那女人说还会来的。一站觉得那女人极像当年身后追赶的洪水，会一下淹没自己。

桂兰那天想看看一站在河边捕鱼，远远地看见一站跟那女人躺在沙滩上睡觉。桂兰就转身回屋。

一站回来就对桂兰说，自己在河边看见一个人。还说，鱼不好捕，上来几条的，最后还是跑了。

桂兰等一站说完，也开了口，我晓得，是一个女人。还要你的钱，你答应了她。

一站就点了点头。

饭桌上，桂兰拿出那个兰花瓷坛，对一站说，当初，是你看见了兰花瓷坛，说要我抱着，这么多年，我日日夜夜一直抱着，你呢？

一站低了头，一想到沙滩上睡觉的女人，一站就抬起了头。

我是想松手。一站的话像砖头一样地砸在桂兰的身上。

桂兰再说，坛里还有些钱，钱都是你挣来的，该怎么用怎么用。

一站看着桂兰慢慢掏着坛里的钱。

钱一次次地掏了出来。

兰花瓷坛空了。

一站手里拿着那些钱走出屋。一站在门前的树下站着。

桂兰狠狠地摔碎了兰花瓷坛。兰花瓷坛碎裂的声音尖锐地划过刘家庄。

一站慌忙进屋，问，咋了？

桂兰说，那天的大水中，我们把瓷坛一同带上岸来，你不抱它了，我一个人抱着也没啥意思了。

一站低头看那瓷坛的碎片。一站知道，那些是桂兰的一颗心的碎片。

糟糠

糟糠是那年冬天没了男人的。

单着身的黑皮是糟糠的叔。糟糠嫁过来的时候，黑皮还替老大心甘情愿地出了钱。

糟糠男人的丧事是黑皮过来细细料理的。

料理完糟糠男人的丧事，单着身的黑皮就对糟糠说：嫂，娃还小，趁早嫁汉呃。

糟糠看了看还小的娃，又望望眼前的黑皮，没多说什么。

糟糠没离开村庄，也就是没离开糟糠男人生活过的村庄。

春天来了，村树上长满了春天的叶子。

糟糠就跟着春天进入了春天，村庄的燕子在天上飞在画里飞。

糟糠带着娃车秧水。

糟糠把娃放在田埂上，那娃不哭。

架好瘦瘦的水车，糟糠就车，车得满脸满头是汗。车一会，歇一会，当那车盘上的水滑落下去后，糟糠就想起和男人一同车水的样，车水的手就慢慢地停了下来。

糟糠竟忘了坐在田埂上的娃。

那娃掉在田里了，发出了哭声。糟糠才回过神来。

糟糠再不敢想那死去的男人，连忙抱起那娃。

黑皮过来，问：还车不车水呃嫂?

糟糠看了看等水的绿绿的秧。

车呃!

糟糠站一边，黑皮站一边，两人面对面地车水。车盘上甩出的水花一朵一朵的。

糟糠不歇，黑皮也不歇。

有人看见糟糠和黑皮车水，就说，糟糠怕是黑皮的了。

糟糠要打年糕了。糟糠对黑皮说，叔，接你过来做年糕呃。

黑皮就过来帮忙，打浆，烧水，担水，蒸熟了年糕，又做。

做完，黑皮就说：再没事就走了呃。

糟糠也不留黑皮，拿出两块年糕递给黑皮，黑皮接了年糕就走。

年就在乡村欢快的气氛中走过。

过了年，黑皮要出去一趟，走之前，黑皮对糟糠说：那娃靠着你呃。

糟糠一听，眼泪断线般落下来，不是滋味。

黑皮是第二天中午回来的。黑皮满脸红晕，像喝了不少酒。

黑皮回来的时候，带了一个人。那人牛高马大，稳稳地在糟糠面前一站，糟糠就知道是怎么回事了。

糟糠对黑皮说：叔，下辈子还做你的嫂。

黑皮红红的脸上还漾开了浅浅的笑。

往后，糟糠车水是跟那男人一块车的。

往后，糟糠打年糕是跟那男人一起打的。

糟糠是那年冬天随那牛高马大的男人往村庄外走的。糟糠的大衣是那男人替她裹紧的，雪在村庄不停地飘飞。

满身是雪的黑皮就远远地跟着。在出村口的路上，黑皮不想止步。

糟糠边走边对那男人说：带我走的，记得不记得黑皮的老大?

记得!

糟糠又说：带我走的，记得不记得黑皮?

记得!

糟糠还问：带我走的，往后还回来看不看黑皮?

看!

糟糠吼：那你就对后面满身是雪的黑皮说，让他回家。

男人领悟，使出浑身力气喊：黑皮，不送了，黑皮呃。

巨大的喊声让那大得无比的雪一层层湮没，显得脆弱。

糟糠在那一声喊里，流下了泪。

黑皮止步，倚着那棵村树，任眼前的雪无序地飞……

籽言

夜晚安静下来，家柱屋外的槐花，像挂在树上的白灯，亮亮的，那槐花散发的香味水一样地轻轻流来又缓缓流走。

家柱女人籽言拉亮了屋里的灯，就在灯光里做起活来。籽言哗啦几瓢水就往锅里添，添到了多半锅了，在那锅里放了些碎米。籽言就坐在脚盆边，开始剁菜，剁菜的声音接连地响起，咚咚的。剁好了一脚盆青菜，端着菜往锅里倒，倒完，籽言转到灶前，就在灶口发燃了火。

灶膛里，跳着欢喜的火光，照亮了籽言姣好的脸。

籽言坐在灶前的椅子上，听到了栏里的猪哼哼叽叽，一声长一声短地叫。籽言轻轻说了一句，会急死你，在给你煮呃。

眼看着锅着的热气就像雾一样地飘了起来。

籽言没有想到家柱会在这个时候回来。

家柱是沿着一路的槐花回来的。家柱在屋外的槐树下站了好一会。家柱想，在城里洗脚的事，在籽言面前不能讲出来，家柱走近屋，轻轻地叩了门。门还没开，家柱想，上次王包头回来，说没说？家柱的心里一下没了底。

天这么晚了，还会有谁来？籽言一惊。

籽言警觉地站了起来小心地开了门。

籽言一看，是自己的家柱。

家柱就势一把抱住了籽言，面容姣好的籽言也任他抱。

抱完，家柱有点疲倦的样，说，工地上没材料停工了，就回来了。

籽言用手摸了摸家柱的脸，说，出去的时候，脸上的肉厚着呃，又瘦了。

家柱一手拿开籽言的手说，没，工地上伙食好着呃。

籽言看了看锅里冒着的热气，就说了声，我去上把柴。

家柱说我去。家柱就把一把又瘦又干的柴塞进灶口，灶里的火旺起来笑起来，锅里的热气，蒸腾的样。

籽言发话了，说，打水洗脚呃。

家柱说，洗脚，好久没让你籽言洗脚了。

家柱坐下来，籽言打来一盆温热的水，找来一双布鞋，籽言就开始为家柱洗脚。籽言先把家柱的一只脚放进盆里，就轻轻洗了起来。

籽言问，在城里洗过没？

家柱摇头。

上回王包头回来，说民工里没洗脚的就你家柱。

家柱点了点头。

王包头说，给他洗脚的小姐的手，细皮嫩肉，他还捻了她一把。

家柱轻轻一笑。

籽言就骂，我早就知道，他王包头不是好东西，自己洗了，还往我家家柱身上推。籽言又把家柱的另一只脚放进盆里。

家柱轻声问，家柱是那样的人吗？

籽言说不是，籽言说这话的时候，很坚决、坦然的样。

洗完脚，家柱说，你睡，也快差不多了，猪菜我来煮。

籽言说，你在工地上就吃力了，算了，早点睡去。说完，又把脸凑上来，家柱就在籽言的脸上亲了一次。

猪菜还没煮好，籽言又坐在了灶前。

家柱睡在床上，怎么也睡不着，屋外的槐香不停地流进屋里。

家柱说，香着呃，籽言。

籽言说，是香着呃，不是我当初阻止你，你家柱的斧子，还不是把槐树砍了？

家柱想，也是的。

家柱再也睡不着了。

家柱一把抱住籽言，说，我是洗过一回脚，瞒了你，心里不踏实。

籽言的眼里流出泪来，家柱的手轻轻地擦着籽言的泪。

籽言开口，我就知道你家柱憋不住的。

家柱的头埋在籽言的怀里，轻声说，再也不让小姐洗脚了。

栏里的猪又开始叫了，哼哼叽叽，一声长一声短的。整个夜晚流动着槐花的香味。

筋豆

木柱家的煤先是自己做的。

天一发亮，木柱就发煤，也就是往那黑黑的煤里掺土，再用些水润，润得黏黏糊糊了，就做，整个禾场，满满的，天黑前收。

木柱手头一活，就不自己做煤了。

瘦瘦的筋豆是木柱请的。

筋豆踩着细步过来的时候，木柱说过，每天三餐饭，还供一包纸烟，一天十块钱。

筋豆一寻思，说，烟不要，烟钱加在工钱上。

木柱说，行。

天一开亮，筋豆就做煤，旁人见了，就说，木柱请来的做煤人，吃得亏咧。

筋豆不拿眼睛看那人，仍旧做煤，煤就做得横行对横行，竖行对竖行，满禾场都是。这时筋豆就忍不住对木柱说，没地方放呃，木老板。

木柱看看天，就说，饭都焖在锅里了，吃饭吃饭。

筋豆才歇手。

天气渐渐热起来，筋豆做煤不怕热，仿佛那热在筋豆身上顺着那汗化解得开。木柱浑身是汗地过来提醒筋豆，说，去年扇过风的电扇，提过来吹吹。

筋豆就两字，吹卵！

雨天，筋豆不做煤。

筋豆闲不住，就对木柱说，木老板，光吃饭不做事，对不住呃。

木柱说，吃了就吃了，天晴了，使力干。

筋豆点头。

天一放晴，筋豆就使力做煤，中午也不歇会儿。木柱女人端着凉茶坐在树荫下，一口接一口地喝。看见筋豆做煤忍不住就来话，说，筋豆，过来喝口茶，天气热。

筋豆说，不热，不喝茶。

筋豆仍旧做煤。

木柱女人就对着那只茶杯说了一句，还没见过这么卖力的。

木柱有一天没一天送煤出去卖。卖煤的钱，回来就给了女人。女人顺手接过钱，一遍数过，又数一遍。完后，就想到了辛苦做煤的筋豆。

那一天，木柱送煤还没回来，木柱女人对筋豆说，筋豆，这么辛苦地做煤，下月加你钱，往后，每月加。

筋豆摇头。

木脑壳，比木脑壳还木。木柱女人的声音。

筋豆听见了，没跟木柱女人回话。

又一月下来，筋豆在木柱那儿领了满月工钱。

筋豆没有想到，木柱女人在筋豆带来的换洗衣服里做了一个小举动，筋豆一点不知。

眼看做的煤码得小山一般，筋豆想到了要停几天，筋豆就对木柱说，该回去一趟了，这些煤也该卖几天了。

木柱女人看着筋豆清了衣服，然后看着筋豆走。

筋豆再来的时候，对木柱说，你家女老板多加的钱，我那当家的不要，给退回来了。

说完就把那一叠钱顺势给了木柱。

木柱拿着钱，掂了掂，就来了疑问，咋给筋豆加了工钱？

木柱吩咐女人杀鸡，摆了酒，说是喝酒。

筋豆说，不喝酒。

木柱问，咋不喝？

筋豆说做煤，回去了几天，再耽误不得了呃。

木柱说，喝了酒再说。

筋豆就喝酒，那酒喝得极不自然。喝完，筋豆说要做煤，来了就是做煤的。

木柱说，筋豆，你不用做煤了。

筋豆问，为啥？

啥也不为！木柱嘴里甩过来一句话。

夕阳下，只有木柱女人傻愣愣地看着筋豆一步步离开做煤场坪离开家园。直到眼里没了筋豆，才回过脸来看木柱，木柱的眼光怪怪的。

两年后，木柱死于一场暴病。筋豆做煤的禾场上，木柱女人在做煤，显然是蔫了劲，就歇会儿，嘴里不知不觉吐出话来，活在世上的人，就筋豆一人不开窍。

说完，再无二话，只让风一次次吹乱木柱女人的头发。

粒　豆

堡里好多男人都让王包头带走了，他在挨近城里的地方包了个工地。粒豆男人也在其中。

走之前，粒豆男人说，第一次跟包头出门，要等桃红的时候回来。

眼看着桃子一个比一个红了，堡里的人说，那些桃子是粒豆的伴。粒豆几乎是枕着红桃睡的。

当那微微的南风变得有力时，就知道这是陈家堡的夏天了。粒豆男人还没回来，粒豆家的桃却很有意思地在那些参差的枝枝丫丫上红了，整个堡里保持着安静。

桃贩心情很急地一步两步进堡来，有人冲桃贩说，买桃的，粒豆家的桃好呃。

桃贩走过来跟粒豆坐在桃树下。桃贩先看看体态匀称的粒豆。粒豆也看看眉清目秀的桃贩。桃贩不敢看粒豆了，就看树上那些发红的桃子。

粒豆说，都红了呃。桃贩心里看得痒痒的，就问，卖不？我全要呃。他边说边起身再次看了看树上的桃。

粒豆说，卖。往年的桃都是卖了的。

桃贩问，怎么卖？

粒豆说等男人回来了再卖。

桃贩反问，桃会烂的，那你男人不回来呢？

粒豆说，男人不心疼，随它烂。

那你男人几时回来？

粒豆浅浅一笑，然后摇了摇头。桃贩不时地看看那些红桃和粒豆。

下午的天色还早，粒豆仍坐在桃树下看了看树上红红的桃。傍晚的余晖坚定地照在陈家堡。桃树上有几只鸟歇着，那些鸟朝最后的桃吻了几口，粒豆见了一笑，说，我家男人还没这样吻过我呃。

当粒豆又枕着那些红桃入梦时，粒豆男人披着沉沉夜色回来了。

粒豆男人的身影瘦瘦的。

粒豆男人说，想着那树桃，工地上忙着呃，王包头给了一天假。

粒豆起来，就着灯说话。

粒豆问男人吃饭了没有？男人说在工地上吃过了。

粒豆问男人工地上的工钱发了没有？男人说下个月发。

粒豆问男人随王包头到过发廊没有？男人说没有。

粒豆跟男人睡一头。粒豆再跟男人说桃的事。

桃树在屋外安静，屋里传出话来：这几天桃子红得飞快，一天一个样，太阳也好，好多鸟在树上还叫呃。

男人拥着粒豆。粒豆像那些鸟吻桃一样地吻了男人。男人让粒豆吻。

粒豆问，你听清了？

男人说，听着，你往下说呃。

桃贩见了桃心里痒痒地，他的价给得低，钱是现的。那就卖给桃贩了？

就卖给桃贩，城里价好是好，就是骗子多。粒豆男人说。

粒豆说，依你，天亮了就摘桃。

天亮了就摘桃。

上圆下方的箩筐是男人找来的，粒豆搬来细细的木梯。

粒豆就搭了精神的木梯，男人就上树摘桃，粒豆也摘。

有时候，粒豆喊，桃子接着呃！男人就接粒豆递过来的桃。

粒豆男人喊，粒豆，小心自己的脚！

粒豆就谨慎地在梯上站牢。

树上醒着的桃子在筐里睡着了。粒豆望着那两筐桃，就来了话，卖了桃，买只羊喂喂，闲在家里没事，年底还吃得上羊肉。

男人一笑，依你。

粒豆又改变了主意，说不喂羊，一人喂羊，十人骂娘。喂羊遭人骂，买头猪喂算了。

男人又一笑，依你。

摘了桃，粒豆出去找桃贩。粒豆回来说，赶紧挑出去。

男人挑一担桃晃悠悠出门。粒豆在后也跟着背一袋。

粒豆问，挑得起？

男人肩上回过来一句话，挑得起！

卖完桃，粒豆得了钱。男人说要走。粒豆说，回来一天光忙着摘桃卖桃，还没好好疼你呢。

仍旧是夏天的风吹过来，天还没黑尽。粒豆洗净身子，洗了头，头发让暖风吹起来。

男人出门时，粒豆使劲一把抱住瘦弱的男人，一头扎进男人的怀里。

粒豆说，我给你留了几个好桃，拿着路上吃。

粒豆男人就拿着粒豆给的桃就上了路。

棉袄

彩桥要相亲那天，天空下起了老大老大的雪，雪的身影雪的想法走遍了村庄。

天一开亮，彩桥娘看了看那没完没了的雪，脸就拉长了，嘴里冒出话来，老天爷就不能停一停？我家彩桥还等着相亲呢。

彩桥说，娘，天冷呃，去了怕回不来呃，不相亲了。

彩桥娘没依彩桥。那是你一辈子的事呃。彩桥娘说。

彩桥娘借来一件棉袄，朝彩桥手上一放，穿上！

彩桥就铁了心。

彩桥相亲了，彩桥满身是雪地去，又满身是雪地回来。

彩桥的亲相成了。

彩桥像往常一样回来，回来的路上，彩桥想，多亏了这件棉袄。

彩桥娘问，成了？

彩桥说，人家冲着这件棉袄就同意了，能有这棉袄的人家怕也还过得去，人家就点头了。

彩桥把那棉袄清洗了一次，晾干后，归还了那件棉袄。

新婚夜，新娘子红桃一字不提棉袄的事，就任凭彩桥兴奋了一夜。

天一亮，红桃就翻箱倒柜，始终没有发现那件棉袄。

彩桥看着红桃翻箱，鞋呀衣呀甩过来又捡回去。

红桃憋不住了，就问彩桥，棉袄棉袄那件棉袄呢？

彩桥说，那不是自己的棉袄。

红桃说，你在相亲那天说了假？

彩桥低下头就说，是说了假。

红桃再没说什么。

红桃认了，再不依也无济于事了。

红桃说了一句，记着，那是彩桥的棉袄!

春种夏耘秋收，一年的收成打下来，变成了票票，红桃说，把那件棉袄买回来。

彩桥说，依红桃依红桃的。

彩桥找了棉袄的主人。

彩桥回来的时候，当着红桃摇了摇头。

又一年的春种夏耘秋收，红桃依旧坚定了买棉袄的想法。

彩桥又找了棉袄的主人。

彩桥的失望又写在了脸上。

再过一年。

彩桥成了棉袄的主人，拥有了自己的棉袄。

往后，逢冷天，红桃要彩桥穿上棉袄，彩桥总是说，等以后有再冷再冷的日子，再穿不迟。

每年的雨季过后，红桃都要拿出那件棉袄，放到阳光下晾晒，晒晒霉气和虫子。

一个雨季过了。

又一个雨季来了。

彩桥终于走不动了。

彩桥老了。

红桃也跟着彩桥老了。

彩桥说，红桃呃，心里难受呃。

红桃说，我晓得你心里难受，人都有一回难受的。

彩桥说，红桃呃，我有话对你说呃，那件袄子我给你留着，相亲那天，我说了假话，该罚我，棉袄你留着。

红桃说，我早就给垫在身下了。土齐腰深的人了，还那个德性，那以后你再没对我说假，你值得!

彩桥说，那件棉袄我跟你红桃做了三年苦工呃，光我垫了，走不安心呃。

红桃说，走得安心走得安心，彩桥呃。说完再不出声。

彩桥一听，抿了嘴咬了牙。

红桃枯瘦的手搁在彩桥鼻子上，嘴里喊，贵法，你爹走了。

贵法在彩桥的脚头磕了三个响头。

小瓦匠

这是八月的村庄，小瓦匠从城里的八月回到村里的八月，小瓦匠觉得这个八月还是热。

小瓦匠的娘看了看晒得极黑的儿问，城里的工钱结了？

小瓦匠说，结是结了，只是师傅跟一个女老板有点牵扯，女老板拿走师傅一包钱，钱没发满。

小瓦匠的娘心想，没满没满，你还小，吃不到满工钱的，娘不怪你也不怪你师傅，眼前亏了你师傅。小瓦匠的娘点了一下头后，又问，你检瓦检不检得好？

小瓦匠说，师傅单独教过几回了，应该检得好呃娘。

小瓦匠的娘心想，检得好就好，就怕你检不好就糟了。

小瓦匠的娘再问，是楼呃，上楼怕不怕？

小瓦匠说，不怕，城里七层楼我都上过呃，娘。

小瓦匠的娘说，趁天晴，你跟宝尧检几天瓦，她上次来给了一个信，说她的屋有几处漏，要让你检。

小瓦匠说，生成是做工的，检就检，过两天就去呃娘。

小瓦匠去宝尧家时，太阳才露脸。小瓦匠吹着八月的热风沿着一路的八月蝉声去了宝尧家。

宝尧的楼房是村里最好的，远看近看都很气派。

小瓦匠走到宝尧家门前，喊了两声，宝尧！宝尧！

宝尧才从屋里扭着腰细步出来，说，细条你来了，你娘告诉你了，我的楼两年没住人有几处漏呃。

小瓦匠看了一脸有粉有霜的宝尧后点头。

小瓦匠进屋搬出木梯搭好，两脚顺着木梯就上了屋。宝尧就看着小瓦匠一步步上了屋。

小瓦匠两手在屋上翻得那些瓦七七八八地响。

宝尧在楼下喊，细条你下来喝了凉茶再上去，你不喝茶，村里人会说宝尧不通人情。

太阳晒着屋上的瓦，也晒着小瓦匠的背。瓦也跟着晒得热热的。小瓦匠像一只瘦小的蚂蚁在屋上小心移动。

小瓦匠的身上很快晒出了一粒粒的汗，那些汗不停地流，小瓦匠的褂子湿透了。

小瓦匠用手擦了擦汗又继续检瓦。

小瓦匠在屋上想，宝尧怎么就出去打了两年工，回来就盖了楼，我就是检一辈子瓦也盖不起楼。

宝尧在楼下喊，楼高，你细条莫在屋上乱想，掉了下来不得了的。

小瓦匠答话，不乱想，一个瓦匠还能乱想些啥呃。

小瓦匠又翻得那些瓦一阵接一阵地响。

小瓦匠想，我刚一想，你宝尧就知道了，难怪出去赚到了钱，难怪有人说宝尧是人精的。

下来喝茶喝茶天热呃细条。宝尧在喊。

不喝不喝！小瓦匠在屋上回宝尧一句。

检了半天瓦，衣都湿完了，哪有不干的？

小瓦匠经不住宝尧的劝，下来喝了茶。

几口茶下肚后，小瓦匠就要上屋。宝尧说，不急，太阳大，很晒人。

小瓦匠看了一眼一脸有粉有霜的宝尧说，要拿宝尧的工钱，再怎么晒人也要检瓦。

细条，往后有人不要你上屋检瓦，你干不干？

干！

宝尧又说，往后宝尧养你干不干呃细条？

小瓦匠想了想，说，我还是检瓦。

宝尧再不跟小瓦匠答话。

小瓦匠就上了屋，两手握着瓦，在屋上想，你要是不在城里的发廊干过那些事，让你宝尧养，我还干。

翻过两路瓦后，小瓦匠又想，地里好多人都是让婆娘养的，过起日子来，轻轻松松，宝尧要生气，就让你生气。

小瓦匠听见宝尧在喊吃中饭。小瓦匠没吃到中饭就从屋上掉了下来。

原来，小瓦匠一脚应该踏在椽皮上，踩空了，身子像一粒秋枣一样地落下来。

小瓦匠掉在地上再没有爬起来，两眼直直地望着宝尧。

宝尧问，细条你疼不疼？

小瓦匠说，摔着了哪有不疼的。

小瓦匠的娘赶来后，摸着小瓦匠的脸说，你说你上过七层楼，才两层楼你就出了事。宝尧说，细条娘，不怪细条。

小瓦匠的娘说，不怪他自己怪谁？

宝尧说，怪我！

宝尧还说，当着细条娘的面，送医院，所有的药费算宝尧的！

小瓦匠再也不能站立，坐在宝尧气派的楼前不停地眨着眼睛。他听宝尧说，细条，这楼往后是你的呃。小瓦匠想，自己的腿都站不起来了，我还是让你宝尧养算了。

小瓦匠就说，宝尧，我还想跟你生个接我艺的儿。

一脸有粉有霜的宝尧站在小瓦匠的面前就那么一笑。

鱼 叉

柳叶湖开阔，湖底平坦。水草多，水中螺蛳多，易长鱼。

湖中的鱼经常在岸边嬉戏、觅食、生子。那些鱼就惹了柳叶湖人的眼睛。

生活在柳叶湖岸边的人掌握了捕鱼的季节和方式。他们捕鱼，多为鱼叉、渔网、鱼钩。用鹭鸶捕鱼的也有，不多。

沙鱼捕鱼专用鱼叉。游到岸边的鱼，他瞅准了，就一叉下去，鱼就在叉上不断挣扎，怎么也脱不掉。因此，沙鱼从来不为吃鱼犯愁。

沙鱼叉鱼的本事练了三年才有。三年中，他在湖里放过无数的莲花和细小荷叶，那些莲花和细小荷叶就成了沙鱼练习的靶子。然后沙鱼对着那些靶子一一叉去。起初十有二三中，后有七八中，三年后，没有不中的。

沙鱼叉鱼手法极准，村子里再没人能比。村子里的老人建议年轻人在水边举行叉鱼比赛。沙鱼参加，比赛的人中，第一个叉到鱼的是沙鱼。

比赛时，一头长发的水妮在一旁看得心花怒放。比赛完，一双手挽着沙鱼的手，说愿意跟沙鱼过一辈子。

沙鱼看着长发飘飘的水妮，说，我把叉着的鱼再放到水里，你能叉起来，这事就成。

水妮说，成。

沙鱼在叉上下了鱼，然后把鱼抛向湖里。水妮迅速拿过沙鱼的鱼叉，嗖的一声，鱼叉飞向湖中的鱼。收叉回来，鱼叉上是沙鱼抛下的鱼。

沙鱼说，水妮，天定的，跟我回家。

水妮成了沙鱼的女人。

春天，湖里的鱼到岸边产子，沙鱼晚上出去，叉回来的鱼，有满满的一篾篓。水妮就把鱼卖了，往沙鱼的身上添衣。

沙鱼把自己的鱼叉看得很重。不用的时候，他把鱼叉挂在堂屋的中柱上。有人找他借，他摇摇头说，我那鱼叉一般人用不好。

沙鱼的岳父找他借，他不肯。后来，水妮跟沙鱼干了一架。水妮说，不借人家，我没怨言，连你岳父都不借，未免太不近人情。

柳叶湖属常德县渔业总场管理，在湖边捕鱼的人多，影响了渔业总场的收成。后来，柳叶湖看湖的人多了，一拨一拨地沿湖巡查。遇到叉鱼的、放丝网的，打个招呼，提个醒，再不在湖里捕鱼。

很多人听话，不再捕鱼。也有不听话的，沙鱼就属不听话的。那些不听话的，往往还遭了看湖的人打。

沙鱼仍旧在湖里叉鱼。

沙鱼叉鱼，就被看湖的人追赶了一次。那一次，沙鱼看到一群鱼在岸边游，他拔腿跑回家中，取了鱼叉就叉，叉了好多条。正好看湖的人看见了，就追过来。沙鱼仍舍不得放叉，继续叉鱼。

看湖的多为青年人，领头的叫曹抛皮。个子大，力气足。曹抛皮一手收了沙鱼的鱼叉，还把鱼篓中的鱼倒掉了。沙鱼一使劲，从曹抛皮手里抢了鱼叉就跑。没跑几步，曹抛皮就撵住了沙鱼，就把沙鱼往死里打。

沙鱼躺在地上起不来，嘴里出言，老子往后一叉叉死你。

曹抛皮不解恨，抡起拳头又打。恰好，水妮跑过来，双手死死抱住曹抛皮的一只手，吼，要打你打我好了。

曹抛皮看着水妮。看水妮漂亮的脸，看水妮漂亮的身材，心就软了。

曹抛皮说，管好你家男人。鱼叉多了，会伤手的。

沙鱼从地上起来，横一眼曹抛皮，说，往后，我用鱼叉叉了你。

回到家，水妮说，沙鱼，往后莫说用鱼叉叉死曹抛皮了。

沙鱼顶一句嘴，我就要说。

水妮懒得理睬沙鱼。

水妮那天在渔业总场找了曹抛皮。说有件事跟他商量。

曹抛皮说，啥事，你就说。

水妮说，我家沙鱼，一辈子就想在湖边叉鱼，你就让他叉几回，他手痒得很。

曹抛皮说，我是个看湖的，这个事我也做不了主。我的眼皮底下，容不得在湖里叉鱼的。我的手，也痒得很。

水妮说，这事你做得了主。

曹抛皮看看水妮，看看水妮漂亮的脸，看看水妮漂亮的身材。然后说，行。

天还没黑，水妮对沙鱼说，沙鱼，最近湖里没人看湖，曹抛皮回家休假了。你安心到湖里叉鱼。

天一黑，沙鱼就出了门。

天一黑，曹抛皮就直奔沙鱼家。

春天的晚上，湖里的鱼在岸边的水草丛里产子，不时地弄出些水花。那些水花，那些鱼吸引了沙鱼的眼睛。沙鱼很起劲地在湖里叉鱼，叉了一条又一条。

水妮在床上也像一条产子的鱼，不时地弄出一些声响。那些声响，那些动作吸引了曹抛皮的眼睛。曹抛皮和水妮一次次地在床上翻滚。

曹抛皮对水妮说，要走了，说不定沙鱼很快就回来了。

水妮说，还早呢，沙鱼是个很贪的人，看见春天的鱼，他不会放手的。

水妮在床上又开始了翻滚。翻滚过后，曹抛皮死死地趴在水妮身上。

沙鱼家的门是突然被打开的。

沙鱼的鱼叉是突然扎进曹抛皮的腰间的。

那一刻，沙鱼的眼里，曹抛皮就是一条正在鱼叉上挣扎的鱼，怎么也逃不掉。

沙鱼说，水妮，我的鱼叉毁在你的手里。

天刚亮，沙鱼一步步走向白鹤山派出所，嘴里老是重复着说，老子要用鱼叉叉死你！老子要用鱼叉叉死你！

很多人见了，说路上走着一个疯子。

福锁

五年级的学生福锁让车伤着了。

天刚亮后，福锁就沿着那条村道去的学校，那条村道两旁的田里开着油菜花，一朵一朵地晃是福锁的眼。

福锁眼里的油菜花是那样的黄，黄得有点儿疯狂。

远远的学校升起的红旗在缓缓地飘。

福锁回过神来的时候，前面正好来了一辆车。车已经很破的样子，像一只破了壳的虫，那破车的车速不是很快，司机把车刹住后，就见福锁像一根草倒在了地上。

司机没有跑。

司机一下也吓傻了，从车里钻出来不停地骂，这该死的破车，你走路就走路，咋就要伤人？骂完后就垂头丧气。

福锁的爹听说福锁让车伤着了，急急地从屋里跑来，用眼着力瞪了一下司机后，就一把抱住福锁，嘴里不停地喊：福锁我的儿呃，福锁我的儿呃。

村道上很快围绕来很多人，那些人像鸟群一下子就飞到了村道上。

福锁的叔是鸟中的一只。

福锁的叔就对福锁的爹吼，啥时候了，还不抱福锁上医院？

福锁爹背着福锁急急地朝医院跑，边跑边对后面的叔说，我身上没带多少钱呃。

福锁的叔没朝医院跑，福锁的叔抓着司机没让他走。福锁的叔想，在村道上出了事，你司机走得了吗？

司机说，你抓着我没用，反正那娃的医药费我出，还不行？

福锁的叔还不放心，说，你先给你家打个电话，让你家里人送点钱来，我那老大眼下两个孩子难着呃，刚走的时候还说没带多少钱。

司机就给家里打了一个电话。

福锁住院的钱是司机交的。

福锁醒来的时候发现自己到了医院。

福锁坐在医院的病床上想，我怎么会在这儿？福锁的叔说，福锁，那一天，你好险呃。

福锁两眼看看叔，没再问什么。

这起交通事故很快得到了处理，处理的结果让人意想不到。

处理的前一天，福锁的叔坐在了福锁的床边，福锁的叔对福锁好得这么快，感到欢喜。

福锁对叔也有了好感。福锁问，叔，几时才出院？

福锁的叔说，明天。

福锁说，好好好，明天。

福锁的叔说，福锁，你爹带你不容易，爹怕你留下后遗症，后遗症你懂么？

福锁的叔接着说，福锁，明天有人来问你，你就胡乱说话，到时，你就可以得到很多一笔钱，懂么？

福锁说，懂！

真懂了？福锁的叔还不放心，又问。

懂了，叔你不嫌烦？

第二天，来问福锁的人是个医生，医生说，福锁乖，福锁好了？

福锁说，好了，医生和我叔我爹把我照顾得好好的。

医生说，福锁，读几年级？

福锁说，读五年级，这学期老师还要我们写作文呃。

医生说，你感谢不感谢司机为你出了医药费？让你的伤得到了医治？

当然感谢！其实是我自己不好，那天早上看那些油菜花着了迷，吓着司机了，给司机也添麻烦了。福锁说。

你坐着呃福锁，乖！真乖！医生说。

医生说完就出去了。

再进来的是福锁的叔。叔说，叔昨天给你说的话，你就忘了？

叔，不是我忘了，我是真正好了，我没后遗症。长大了，我还要做人，那话我说不出口呃，叔。

叔一听，摇了摇头，该你爹穷，放着的钱，用你这只手都不敢拿。

福锁说，我爹再穷，我也不会出手的，叫我爹来让我出院呃叔。

叔走出了病房。福锁想，叔就咋这样呃，好在车伤出在我身上，要是出在叔上，那司机不就惨了……

弥留之际

北拐是李家庄的闲人。

屠夫李直在庄里卖着肉，北拐就到他的摊前转悠，也不买肉。李直忍不住问，北拐要肉不？北拐一笑，摇头走开。李直看着他走，就在北拐背后声音响响地说，你北拐哪天讨了婆娘，我送你一扇猪。

北拐回过头来笑，嘿嘿。

北拐还是李家庄的帮工。北拐不是给谁家都愿意帮工的，他帮工极有选择，也看对象。谁要嫌他偷懒或对他恶言恶语，他宁肯在家里睡大觉。

村主任李子源家的橘子在树上黄透了，李子源就有男有女地请了不少人摘橘，北拐也在其中。收工时，李子源见北拐一担橘挑出来，走得慢，就说，北拐，明年摘橘不喊你了。

北拐一听，放下一担橘就走人。李子源在背后补充，跟你说着玩的，北拐你饭还没吃呃。北拐头也不回。

省道1084线穿过李家庄，庄里年福的男人在省道上拦了汽车，去了贵州。男人出去前，对年福说，家里干不了的活，喊北拐来帮。

年福记住了男人的话，干不了的重活儿，就喊了北拐。

栽完那一田的甘蔗，年福回来炒了菜，北拐就在桌边喝酒，年福把钱放在桌上。年福说，北拐，年福家的活儿不让你白干。钱在桌子上，你拿。

北拐红着脸，一点儿也不斯文地就拿了钱。临出门，北拐说，下回就不收工钱了。

年福说，过省道时，看着点儿。

北拐愿意在年福家帮工，一来年福嘴甜，二来还可以摸摸年福的手。

李直问北拐，你帮了年福的工，只摸到她年福的手，划不来。

北拐就回一句，我划不来，她年福划得来就行了。

年福家的甘蔗长得比北拐还高。

庄里连续下了几场霜。霜一下来，天气就冷了，先前绿着的甘蔗叶就泛白了，各家各户忙着收甘蔗。年福想男人还不回来，只有喊北拐了。

北拐脸对着那些甘蔗不说话。

年福把镰刀递给北拐，北拐不接。

年福看着四周，把没拿镰刀的手递过来。

年福说，那你就摸一下，就一下呃。

北拐就摸了年福的手，摸过后，北拐说，砍甘蔗。

北拐在前面砍，砍得那些甘蔗刷刷啦啦地响，响声刷刷啦啦。年福就在后面搬。

砍过一片后，北拐住了手。

年福说，别老想着摸手，砍完了再摸。

北拐面对着甘蔗不做声。

年福又看看四周，就伸手过来，快点儿摸，莫让人看见了。北拐笑着说，往后，还要摸别的地方。

年福也笑，连忙抽回手，说，砍甘蔗。

北拐眼前的甘蔗一根根疯狂地倒下。

砍完甘蔗，太阳还高。年福留北拐，这回不走了。

北拐说，你年福不能留。你那当家的不在，住不得，庄里人会笑。

年福说，北拐讲得在理。

北拐说，下回要不让我摸别的地方，我不来帮工了。

年福说，北拐你莫发脾气，要是男人明年不回来，你要摸哪儿就摸哪儿。

北拐又一笑，说，往后讨了婆娘，李直那家伙会给我一扇猪，你说，他会兑现？

年福说，你讨了婆娘，李直舍得一扇猪。

北拐说，我怕他到时候舍不得。

年福说，不说了，你回去。过省道时看着点儿。

北拐从年福家出来，天还没黑尽。

北拐就走上了省道。

北拐就让车撞了。那突如其来的车，狠狠地撞了北拐。

北拐就在车前倒了下去。

很快，李家庄来了很多人。李子源来了，拦着那辆车。李直来了，嘴里说，我欠北拐一扇猪。年福也来了，一把抱住血肉模糊的北拐。

北拐断断续续地说，手……手……北拐只想摸年福的手……

年福就把手轻轻地放在北拐的手上。

北拐的手指很快僵硬在年福的手上。

李家庄的天就黑尽了。

戏子老二

蛤蟆坝能够有“戏子”这个称呼的，只有老二。

是戏子就有做戏子的长相和派头，老二就有，说哪处像哪处，演哪处通哪处。

上屋场会看八字会看相的龙老头，就说蛤蟆坝最有出息的要数老二。

老二心里一喜。

蛤蟆坝不出官也不出秀才。老二琢磨着，出个戏子也行，也算对得住过去是山窝现在也是山窝的蛤蟆坝。

不用化妆，老二就演戏，扮男扮女，演喜剧演悲剧，或笑或泪，时走时停，长呼大喊，老二扮的神情动作极合情理又恰到好处。

老二曾有过响亮的过去和光亮的一页。

因为戏，老二得了好多便宜，只要戏演得一好再好，一真再真，生产队便不安排他干重活，村里乡里县里有什么汇演，队长就一拍老二的肩膀，你去！

老二真的就去。

老二回来总是高兴的样子，总是翻弄出得的奖状或红本本或汗衫鞋子什么的，让蛤蟆坝的人刮目相看了好几回，老二走到哪站到哪，连那些光着屁股一块儿玩的娃，也“戏子戏子”地喊叫。

老二又年轻，演戏又好。老二不生骄傲，仍求上进。老二透彻透底地想，县剧团进村招演员也是个机会，说不定还能解决饭碗吃上商品粮哩！老二盼来盼去就盼这么一天。

老二仍在苦练苦演，演完了热天演冷天，演完了晚上演白天。剧团几次来人说老二有把握进剧团，就因为这话，就因为这如羽毛如嫩草的话，一次次撩拨得老二心里痒酥酥美滋滋的。

老二逢人便说，过些日子就进剧团，站真正的舞台。

蛤蟆坝有人跟着和，也是也是，是个戏子，该有个落窝的地方，困在山沟沟里，也不是个长久……

剧团却没有把这当回事，说了话可以上算可以不上算，反正没盖公章没卡钢印。戏子老二总是等呀盼的，就是没进剧团。

老二就像换了另一个人。

老二开始骄傲了，弄不好火冒三丈，弄不好吹胡子瞪眼睛，弄不好罢演罢唱，伤心一来，有时一瓶酒下肚，说话也不着边际。

老二说，老子戏演得这么好，你们不要，老子还懒得去。

老二还说，就是你剧团来人抬我也不去了。

每次说这话，老二就伤心，就要落泪，就有蛤蟆坝人过来劝，老二，想开点，舞台小哩，蛤蟆坝才真大咧！也有好心人过来劝，老二，咱蛤蟆坝的戏就够你演一辈子哩……

老二这才不伤心了，觉得这些话很对，就不再傲慢就重新振作，也就自编自演，演孝顺媳妇伺候婆婆演村干部为群众办好事演民办教师为学生着想……反正，什么都演都上戏，都是些坝里的新鲜事。

逢年过节逢热闹喜庆，蛤蟆坝就有老二演的戏，确确实实让蛤蟆坝人添了高兴的色彩，上了年岁的龙老头，也跟着蛤蟆坝的人讲，瞧！老二的戏耐看耐想哩！

老二扎扎实实地在山窝窝里一个春天接着一个夏天演他的戏。

后来，县剧团真的来招老二，当时，剧团人心涣散，班子不齐，想纳老二扩大阵容。

老二手一摆脑壳一摇，说，再也比不得当年，该演的时候没上场，不该演的时候，就不充那个角了。

这话一讲出来，蛤蟆坝的人和剧团的人想了好久也琢磨了好久，也就没有为难老二。老二也就伴那明明灭灭了千千万万次的日月星辰，在蛤蟆坝续写戏子的一生。

旮旯羊事

旮旯村的扁豆一家一直吃着救济粮。上面分来了衣被和粮食，扁豆一家准有一份，理由是扁豆家够条件，扁豆爹瘫痪，扁豆还小，没有粮食和衣被，过不了日子。扁豆一家成了雷打不动的困难户。

是困难户就得照顾，可照顾了这么多年，扁豆家仍然是老样子。村长丝瓜想不通，脑子里总装着一些疑问。

乡政府的胡乡长对丝瓜说，县里想对旮旯村重点扶贫，让村里考虑一下对象。

丝瓜对胡乡长说，是不是考虑菜籽家，菜籽家这两年倒房，又加上婆娘得了肝炎，家里也搞得不如从前。

胡乡长说，这回要特困的，扁豆家现在啥样子了？

丝瓜说，老样子。

胡乡长说，就扶扁豆一家。

丝瓜说，扶吧。

来旮旯村扶贫的是县农委的工作组。工作组带来了十只种羊，那十只羊是用车装来的。羊下了车，就在旮旯村吃草，那些羊边吃草边慢慢地朝扁豆家走来。

走着走着，羊就是扁豆家的了。扁豆就让女人推出来迎接县农委的工作组。县农委的人说，这次只带了十只种羊来，让扁豆养，目的是养羊起家，然后脱贫。

扁豆说，感谢政府感谢村干部。丝瓜和农委的人又找来厚木片细木条，挨着扁豆的屋圈了羊圈。扁豆爹开口说，就在我家吃饭。

农委的人说，不了不了。

农委的人一走，扁豆一家就商量开了。扁豆爹说，娃，反正你丢了书本，就天天放羊。

扁豆说，有羊放就行。扁豆娘在一旁插话，这回羊要养出个名堂，不然，对不住政府对不住村干部。

扁豆一家下决心养好羊。

上床前，扁豆爹还叮嘱，扁豆呀，家里的那些子羊就靠你和你娘了。

天一亮，扁豆就放出那些羊，羊就如白云在旮旯村走动起来。天挨黑，扁豆就和那些会叫会响的白云回来了。

旮旯村的鞭炮有一阵没一阵地响，是丝瓜的女儿考上了中专，家里办喜事。

扁豆爹对扁豆说，赶两只羊回来。扁豆说，都放出去了，赶回来做啥?

扁豆爹说，村长家摆酒，村里的人都去了，扁豆家不去对不住人，好歹那些羊也是村长给弄来的。

扁豆赶了两只羊过去，那两只羊看了看另外的羊，步子迈得格外沉重。

扁豆赶过去的两只羊再没有回来。

扁豆爹吃着扁豆包回来的扣肉就问，扁豆，村长对那两头羊还满意吗?扁豆说，村长没说啥，只说了羊先系着，下个月支书家娶儿媳妇，还问咱们去不去?

扁豆爹到嘴的一块肉，停了好一会才咽下肚。

村支书娶儿媳妇，扁豆家又少了两只羊。

村会计的新楼落成，扁豆家再少了两只羊。

羊越来越少，天气越来越冷，雪在村里飘起来。扁豆对爹发了不小的脾气，说，剩两只羊不看了，干脆杀了，反正过年要吃的!

扁豆家就没了羊。

第二年，农委的人来旮旯村，先问村长丝瓜，扁豆家的羊都下崽了?

丝瓜摇头。

那是啥原因?农委的人问。

丝瓜说，不清楚。

农委的人又去扁豆家，扁豆正拆羊圈。农委的人没开口，就明白了怎么回事，细声细气地问了一声，扁豆，羊呢?

扁豆说，在灶头，羊肉熏了，我爹吃了，说是羊肉可以下酒哩。

农委的人先一惊，后摇头走了。

此后，再不见上面来旮旯村扶贫。

割稻的方木

方木要在田里割稻。田就在山脚下，远远看去，那一丘丘的稻子像一张张黄毯子，空气里飘流着稻子成熟的声音。这个时候，村庄的内容大部分让稻子占领。

方木手拿一把雪亮的划镰下到田里，也就是下到毯子边，田里早就没了水，脚板平稳地站在泥上，陷不到泥里去。

方木想，我割稻不会怎么着的？方木就紧紧地握着从铁匠铺里打来的划镰。

方木在割稻，也就是在割碎那一张厚实的黄毯子。

方木像一只鸟轻轻地歇落在田里后，方木爹也来了。

方木爹也跟着下田了。方木爹一手扔掉了手中的一小截燃着的纸烟，就说，不等了，开割。

方木那让一件薄薄衣衫遮着的腰弯下去，这个时候的村庄没有一点吵闹，最先收稻的只有方木。

方木就一手捻住那一株株稻，另一手里的划镰朝稻的腿部割去。这样的动作来回了很多次。

方木想到了要伸一伸腰，他感到腰里像塞着什么，酸酸地疼。

方木看看远处的稻，割到田那头，还不是一刻两刻的事。

方木就说话了。方木说，我不想在村里干了，那广播员当得不顺心。

方木爹没有站起来，听见了方木说的话。

村主任找上门来要的你呢，他会害你？方木爹面前的稻子听见了方木爹的话。

方木说，昨天，村主任做的事，我就想不开。

你莫糊涂呃，你一脚在村里还没踏稳呢，村主任自然有村主任的套路，他还比你差？方木爹放了一把稻站起来说。

方木说，那他也不能拿我做由头？

割稻割稻呃，往后你会明白的。方木爹横了一眼方木。

方木又低下身子割稻，使劲地抓住那一株株的稻，划镰割得那些稻脆脆地响。

方木爹看在眼里，对割稻的方木说，你嫩骨头没绵劲，歇歇，脑壳里莫乱想。

方木说，要歇一路歇。

你先歇去。

方木就势坐在了一把稻上。坐在稻上，方木看了看还在毯子边移动的爹。

方木歇过一会后，又快速割稻，快速剪那张毯子，毯子越来越小，越来越瘦。

方木爹斜斜眼睛看看方木，说，割完稻你就到村里去。

方木说，不去，我想不通，明明是村里接待乡广播员的酒菜，乡广播员没吃没喝走人了，村主任就叫村干部来吃，完了还要我在单子上签字。

方木，这事你可不许乱说，村主任是为你好呃，你想想，他不叫张三，也不叫李四，偏偏就叫上你。

这是害我呃。方木抓着的一把稻没有割，只管说话了。

一点也不害你，方木爹抓着的一把稻没有割，只管说话了。

往后，我割我的稻，不求在村里，就是找不到事，我背起包包打工去。割完稻，我就把这事对村主任说了。方木割断了手里抓着的稻，沉沉地朝背后一放。

方木，你不做广播员都行，村主任拉你吃饭的事你就莫说呃，要不我拿划镰割你的颈呃。方木爹割断了手里握着的稻，沉沉地朝背后一放。

方木瞥了一眼爹，背又低下去。

方木的手猛地一抽，原来是划镰挨着了，一根指头流血了。

方木爹吼，脑壳里尽装些乱七八糟的东西，这不割着了？往后说不定还要割着心呃。

天黑以前，那张毯子还剩极小的一块，方木爹起身要走，对着割稻的方木说，我到村主任那里说说，明天，你还是到村里去。

方木说，爹，去了也白去，明天，我下田打稻！

猪娘养的，要打你一个人打方木爹把话丢在方木的眼前丢在就要沉入夜色的村庄，那话像一截烧过的木头。

新草帽旧草帽

村庄在安静，那些屋宇那些树那些田那些水稻和谐地保存在村庄。

崭新的草帽是蔡子池在山脚下的铺子里买的，铺子里很热闹，她去一趟铺子，看完了热闹，回来的时候就买了一顶轻巧的草帽，一路轻巧地戴到了家。

草帽就在蔡子池的头上轻巧，蔡子池的脸色和眼前的景物保持协调，一点也不呆板。田埂让太阳晒得泛白，她就一屁股坐上去，看眼前的绿绿的水稻扬花，鼻子里满是稻花的香味。

有时候，过来一阵风吹得那些水稻波浪一样地矮下去，风一过，又站起来。有时候，有一些蜻蜓在蔡子池的眼里快速地飞过。

蔡子池没有急着回家，她怕风吹走她的草帽，便一手轻轻地拉着帽檐。

站在远的地方看，蔡子池就被水稻淹没了，没淹没的是新草帽。

没戴草帽的男人更没有被淹没，像一只快速飞来的蜻蜓。

王行水是蔡子池看水稻扬花时歇在她的身边的。

王行水的心里就像水稻的导管里憋着的水一样憋着啥话，脸色没蔡子池的好看。

一开春，王行水没让蔡子池拼命地留住，就去了城里，干的是卖力气的活儿。

蔡子池侧过头来，拉着草帽的手没有松开，像看蜻蜓一样地看了王行水一眼，说，回来了，田里的稻在扬花呃。

王行水一下没看清蔡子池的脸，说，晓得。这回出去得是有点久了，也没回来帮你做田。

又一阵风过来，绿绿的水稻又矮了下去。

王行水说话了，子池，我在城里摸了小姐的手，还摸了她的腿，钱就糊里糊涂地被她搞跑了。

蔡子池的脸上生笑，说，不往下说了，我晓得。

王行水就不往下说了。

蔡子池说，记着！还得在城里干，不到割稻的时候不回来。

王行水说，我不想在城里干了。

蔡子池说，干！一直干下去！

王行水看了看那些乱飞的蜻蜓说，我不想干下去了。

蔡子池就说，那你回来守田。

我守田！

蔡子池脸上的笑还没有落尽，摘了自己头上的帽子，就往王行水头上扣。

日头有点毒，莫晒着了。蔡子池说。

王行水的眼里是清晰的扬花的水稻。

村庄在安静，仍旧是那些屋宇那些树那些田那些水稻和谐地保存在村庄。

王行水头戴的是去年蔡子池买的草帽，帽檐明显地破了，颜色也暗了许多。田埂让太阳晒得泛白。他一屁股坐上去，看眼前绿绿的水稻在扬花，鼻子里满是稻花的香味。

有时候，一阵风过来，吹得那些水稻波浪一样地矮下去，风一过又站起来，有时候，有一些蜻蜓在王行水的眼里快速地飞动。

王行水没有急着回家，他怕风吹走草帽，一手拉着破了沿的草帽。

站在远的地方看，王行水被水稻淹没了，没淹没的是旧草帽。

没戴草帽的女人挎一个巴掌大的皮袋没被水稻淹没，像一只快速飞来的蜻蜓，那腰间的皮袋鼓鼓的像地瓜。

蔡子池是王行水看水稻扬花时歇在他的身边的。

蔡子池的心里像皮袋憋着钱一样地憋着啥话，脸色没有王行水的好看。

一开春，蔡子池就让王行水左劝右劝去了城里，干的是轻松活儿。

王行水侧过头像看蜻蜓一样地看了蔡子池一眼，说，还记得回来？田里的稻在扬花呢。

蔡子池一下没看清王行水的脸，说，这回是出去得久了，没回来帮你插那些秧子。

又一阵风吹过来，绿绿的水稻又矮了下去。

蔡子池说话了，行水，我的手跟腿让男人摸过了，可我没让他们白摸。说着就从满得像地瓜一样的皮袋里拿出一把钱来。

王行水的脸上生笑，说，不往下说了，我晓得。

蔡子池又把那些钱扎进皮袋，不往下说了。

王行水说，记着！再不在城里干了，我等着你割稻！

蔡子池看了看那些乱飞的蜻蜓说，老板那里的钱还没拿完，我还想干下去！

王行水说，我不守田了。

蔡子池说，你不守，我让别人守！

王行水的脸上再没了笑容，一手摘了头上的破草帽，狠狠地朝田里甩去，骂一句，老子让太阳晒死你！然后就走了。

草帽在水稻上落定。

蔡子池看着那顶草帽，站在田埂上没动。

扬着花的水稻，看见了夏天的蔡子池眼里的泪。

回　家

天还没黑时，蚕豆喊回了正在牌桌上双手洗牌的二宝。

可能是惹得二宝的脸没地方放，二宝就发了火。

蚕豆让二宝响亮地打了一巴掌，那一巴掌不偏不倚地打在蚕豆左脸上，脸上火一样烧得疼，一双眼睛死死地盯着眼前的二宝。

二宝一句话不说。

二宝站着像一根木桩。

蚕豆忍住了眼眶的泪水，一直让那泪水保存在眼里。

二宝还是一句话也不说就上了床。

天一黑定，蚕豆看了看天，就开始清理衣服，七七八八地清了几件，就听二宝发话，再不打牌了，我二宝说到做到。

蚕豆也没跟二宝说话，她耳里还是听到了这句话。

蚕豆走进了无边的黑夜中。

蚕豆回了娘家。

蚕豆坐在娘家门前的槐树下，有心事没心事地剥着玉米，那玉米儿像一粒粒黄珠子从梆上滚下来。

二宝想接蚕豆回家。

一月后，二宝蔫蔫地站在蚕豆娘家门前，怔怔地看剥玉米的蚕豆。

二宝喊蚕豆，蚕豆！蚕豆！

蚕豆娘远远地看见了，就远远地甩过来重重的话，蚕豆是为你守家的，不是让你打的，你不当我是丈母娘，还不当蚕豆是你媳妇儿？

二宝被说得低下了头，头低得像一杆熟透的稻子。

二宝就走了，蚕豆娘的那些话，还像风一样地跟着二宝转。

蚕豆没有一点回家的意思。

蚕豆娘就对蚕豆说，还是回家去算了，二宝看来是真的改了。

蚕豆停了剥玉米，还是摇了摇头。

二宝失望地回来，再次觉得也没多大地方对不住蚕豆，不就是打了她一巴掌。

二宝再次到了蚕豆家。

二宝鼓起勇气对蚕豆说，那一巴掌打错了人，还看得起二宝就跟二宝回家，看不起就算了。

蚕豆没有吱声。

临走，二宝看了看蚕豆，说，从今日起，等你两年，两年过一天了，我再不认你蚕豆作媳妇儿。

二宝那话说得如铁掷地，说完，二宝就回了。

那一年，二宝带了五十个精壮汉子，去承包一个工地的土方。

二宝出去时，没跟蚕豆打一声招呼。

二宝跟那五十多个汉子是一同回来的，那派头就与出去前大不同了。

村里就二宝在那年年底盖了楼。

两年后蚕豆才想起回家的事。

蚕豆清了几件衣服就回来了。

二宝说，我二宝也是要脸的人，答应等你两年的，你刚好超过三天，不是我二宝不讲信用，怪只怪你蚕豆。

蚕豆站在二宝新修的楼前，始终找不到回家的感觉，只丢下一句话，不是我蚕豆狠心激你，怕没有今天的你呀二宝。

发羊

这个春天刚开始的时候，就见村长土豆的羊在山上走动。

也是这个春天，县农委决定对旮旯村的农户授课，讲讲怎样养羊，来听课的发一只羊崽。

这事一决定，就把通知打到乡里。管农业的羊乡长就把通知打到旮旯村。

接通知的是村长土豆。土豆那天没看羊，在村部接了通知，土豆说行行行。事情就这么定了。

土豆对支书说，农委要来人授课，出几个养羊的点子。

支书说，怕没人来听。

土豆说，要没人来，农委的人不白来了？再说，羊乡长面前也不好交代。

支书想了想说，先打一通知，每人发一只羊崽，肯定有人来听课。

天一见亮，土豆就在广播里喊话。

旮旯村的农户知道了县农委的人要来，并且还能得到一只羊崽。这事还是土豆在广播里喊的。

土豆又走村串户，说是听听养羊的课，对大家都有好处。

土豆走得满身是汗。满身是汗的土豆心里还悬着什么，课一听完，到哪里去弄那些羊?

授课的地点在村部。

村里来了上百人。平日里，不来的人也来了。大人领着小娃，小娃缠着大人的手臂或腿，也挤在村部里。反正，那间不宽敞的屋挤得满满的。

土豆明白，很多人不是来听课的，是来领村里的羊的。

农委派来的老师就坐在主席台，也就是村支书坐的位置。

农委就派来一个老师讲课。

那个老师坐在主席台上开始讲课，捏着一张写着字的纸反反复复地讲。

台下的那些大人和娃也不打瞌睡认真地听。

土豆也坐在人群里。想着自己在山上吃草的羊。

土豆心里极不踏实。这堂课讲完，哪来的羊呢？

老师讲得非常到位。也为台下的热心听众打动。

忽然台下有人开口，讲了那么多，不如给我们一只羊。我还急着回家喂猪食咧。

老师说，来之前，我给你们办好了，能来听课的，农委决定给一只羊，不要大家出一分钱。

那羊咧？

那羊在哪里咧？

到底有没有羊？

台下乱哄哄的。

土豆心里悬着的石头终于落了地。

土豆站出来说，各位农户，农委派来的的老师说话算话，羊肯定是有的。

早知没羊就不来了！

还说有羊领，还耽搁了我晒草咧！

土豆村长，不给只羊，你家里的那些羊，我是要牵一只的！

台下又有人吼。

土豆不知说什么才好。

送农委派来的老师时，土豆说，师傅呃，你可千万带些羊来呃，要不然要不然，我那些羊……

春天就在眼前过去了。

土豆家的羊，你一只我一只地赶，直到土豆家没了羊。

土豆老婆骂土豆，杂种的土豆背时的土豆剁脑壳的土豆，你也不能把那些羊让给别人呃。

土豆坐在门槛上也吼，我心里也苦着呃。我也指望着那些羊呃。

土豆不死心，跑到农委办问，那些羊的事是不是黄了？

农委办的人说，我们花了人力下到旮旯村讲课，就很客气了，并没有要送羊给旮旯村人的想法。

土豆一听，木木地站在门口，嘴里一句，回去怎么跟我那婆娘说呢？

那一年，土豆说通了婆娘。

那一年，土豆教大家养羊。

那年底，那些要了土豆家羊的人，都好好地养羊。头头养得膘肥肉满。

县委县政府说是要来开现场会，由农委办的人通知旮旯村。

接电话的仍是土豆，土豆一听是农委的，就说，就当旮旯村的羊死了，土豆也死了。然后就搁了电话。

搁下电话的土豆说，要是来了，旮旯村的人，明年，怕还少发一只羊呢。

那一年芒种

宋海年知道，芒种越来越近了，地里的麦很快就要黄了。不大不小的风吹过来，麦子就涌起波浪。站在地边，她的眼里是麦子跟麦子拥抱的形象，耳里是麦子跟麦子说话的声音。那些麦子兴奋地挤在一起，叽叽喳喳。

宋海年很想一头扎进这麦浪里，让金黄色的波涛吞没自己，让男人找不到自己。

男人不在家，宋海年就跟麦子说话。她一次次站在地边跟麦子说着天气和雨水；说着收成和爱情；说着村庄和男人。说着说着，日子就过去了。

天气暖和起来，大白天，宋海年还跟麦子睡在一起。只要睡在麦地里，她就觉得舒服，就能忘掉一些事情。睡在麦地里，她的四周都是麦子的形状，是麦子的面孔，是麦子的家乡。躺下来，她就看见很多细碎的白云花朵一样地开放在天空。宋海年就有了一种前所未有的满足，她把这种满足一段段地放在自己的日子里。

躺在麦地里，宋海年觉得安静，地里一安静，她就想事了。她忘不掉自己的男人还有那些男人在家的日子。

宋海年觉得男人有时闲在家里，是一种浪费。尤其看见村里很多的男人走在通往城市的路上。

非常知趣的男人看出了宋海年的心事，说，种麦吧！种完麦，我就出去！

宋海年说，种麦吧。

天气有点阴冷。宋海年就跟男人一起种麦。从南面到北面，一大块地留下宋海年和男人的汗水，还有脚印。地种完了，宋海年认真一看，男人的脸上呈现微黑的颜色。

种完麦，天上就有成群结队的鸟往南方飞去。看见那一些飞得很慢的黑压压的鸟，宋海年的身后，就传来男人的声音，明年芒种边回来。

宋海年听到了男人的声音，也听到了男人脚步声，渐远渐细。当宋海年再次看那片天空时，只剩一味的蓝，像蓝色的漆刷过一样。

宋海年没有忘记这样的天空，更没有忘记男人远走时的脚步。很多时候，她把这种细节当作是一种提醒。男人确确实实走远了。

地里的麦在等一场雪，等绿了身子。

地里的麦在等一场雨，等出了麦穗。

那些往南飞的鸟又在往北飞。站在地里，宋海年无法辨别是不是冬天飞过的那些。春天的鸟快速地飞过，像有风追赶着。

在越来越近的芒种边，男人连影子都没有，男人连脚步都没有。

男人没有回来。在男人给她的第一个芒种边，宋海年在那片成熟的麦地里轻声地说了一句，不等了，开镰了。

刷刷拉拉的麦子擦着麦子的声音，一直响在宋海年的耳朵。宋海年的划镰快速地割倒那些麦子。

在男人给她的第二个芒种边。宋海年终于听见了男人的脚步。男人的到来，离自己离婚越来越近。宋海年顶着芒种的太阳一把把放倒那一地的麦子时，男人的脚步就近了。

宋海年认真一看，男人完全褪掉了出去前的质朴，肤色健康而有弹性。衣衫干净整洁，握在他手上的皮包像一块刚切开的还没有干硬的牛屎，在阳光下，更加光亮。

宋海年一笑，差点认不出你。

男人也一笑，差点找不着你。

那些站着的麦子和倒下的麦子都听见了他们的对话。

宋海年站直了身子，右手握着划镰。抬头看了看下午的太阳。

下午的太阳一直晃着宋海年的眼睛。男人讲了外面的故事，又讲了外面的女人。男人起初声音很大，渐渐地，男人的声音就细了。宋海年大声说，敞开胸口讲。

男人再没有往下讲，而是从那块牛屎里抽出一张白得耀眼的纸来，递给宋海年。

宋海年看清了那张纸上的内容。她没有理由反对，甚至拒绝。

男人在宋海年看那张纸上的内容时，脸上浸出了汗。

宋海年把那张纸还给了男人。男人干净的手拿着了那张纸。

宋海年没有吱声。

熟了的麦子没有眼泪。宋海年朝麦地看了看，没有看到麦子的一滴眼泪。她把握在右手的划镰换到了左手。

男人见了，后退了几步。宋海年一笑，怕啥？我又不会一镰刀划了你？

那些逐渐长大的汗粒散在男人的额上。他笑笑后，说话了，要不，我还给你点，作为补偿。往后，你也不容易。

宋海年说，不用了，你给的5万块钱，我一分不要。

男人一惊，像一截木头一样地插在麦地。

宋海年看看越来越近的黄昏，她的划镰又迅猛地朝那些熟透的麦子割去。她的眼里只有麦子。

宋海年一点也没有发觉，那一年的芒种，无论眼前的，还是身后的，很快就完了。

兰花花

兰花花是地主徐福康的小老婆。当那顶一路颠簸的花轿在徐福康的院子里停稳时，兰花花就成了徐福康的小老婆。

那年，徐福康50岁，兰花花22岁。

兰花花22岁的天空里是一天的好景致，湛蓝的天空，飘着无语的白云。

白云飘荡的天底下，徐福康有着120亩水田，在徐庄，那些田一丘连一丘，肥力足，水路又好。

有空，徐福康就带着兰花花看那一丘连一丘的稻田，绿浪起伏的样子，让徐福康的脸上写满了笑容，也让兰花花沉醉。许久，徐福康就对肚子没有隆起的兰花花说，只要你生了儿子，这田就是我家的，也是你兰花花的。

兰花花羞红着脸，隔着衣衫，右手轻轻地摸着肚子。兰花花觉得自己的肚子空落，像没有装下种子的袋子。

徐福康的院子非常大。非常大的院子里，那一座座用桐油漆过的木仓仍散发着桐油的光泽和气味。很多时候，徐福康带着兰花花走到那一座座木仓前，用一竹质的烟斗，响亮地敲几下，沉闷的声响，回荡在院子里。

徐福康没有放弃敲每口木仓，直到敲出兰花花脸上的笑容。果真，兰花花脸上绽放着笑意，她亲手接过徐福康手中的烟斗，很有节奏地敲得木仓发出沉闷的声音，同样。

那一天比一天黄的稻子生发了徐福康胸中的快意。他想：明年青黄不接时，又该放多少租呢。他狠劲地抱着兰花花，释放着心中的无限快意。兰花花被那种突如其来的快意，快速地击倒。

那120亩田的租子还没有收，徐福康就被关了起来。真是人算不如天算，徐福康的120亩田一夜就被充了公，120亩田的稻子也充了公，连所有木仓里的余粮也被徐庄的人分了。

人们分到了粮食，就渐渐忘记了兰花花。在整个庄子里，粮食是最重要的，徐福康是重要的，不重要的是兰花花。徐福康被押走之前，死活不肯走。他被区长和长工刘长生推搡着出门。一脚跨出门槛前，徐福康对兰花花说：花花，咱们的日子就这样完了。

一句话说出了兰花花眼里的泪。

兰花花22岁的天空里，下起了雨。

在徐福康走后的第一个夜晚，下了一整夜的雨。那些雨点或稀疏或密集地打在徐福康住过的院子，打在徐福康曾经打开又曾经关上的窗户上。

在那个雨夜。

兰花花想起了长工刘长生。

在如此大的院子里。兰花花的眼里一直有一个人影晃动。那个人就是刘长生。尤其是刘长生在她进入徐家大院的第一天，就冲她一笑。那一笑持续的时间很短，在她22岁的天空里。她觉得，刘长生那一笑里一定藏着一份东西。有几次，兰花花想把这事告诉徐福康。可是，话到嘴边，兰花花又像咽着徐家的饭菜一样简单地咽回去，在徐福康面前更是若无其事。

庄子里的人对兰花花没有怎么样。对徐福康就不一样。斗徐福康的次数越来越多，每次斗徐福康，都是区长和民兵组长刘长生。刘长生再不是长工了。每次斗徐福康，徐福康都跪着。兰花花在一边站着陪斗，她看着徐福康越来越虚弱的身体，眼里的泪没有落下来。

徐福康死了。

再没有人斗了。

兰花花再不陪斗了。

刘兰花花的22岁还没有完。

刘长生到区里开会要经过徐福康的大院，也就是要经过兰花花的门前。

兰花花坐在门前，看见刘长生从门前走远。

刘长生回来，天还没黑尽。兰花花出来拉着刘长生的手说：不走了，长生哥哥。

刘长生说，我还要给区长回报呃，要来明天来。

兰花花看着刘长生的背影在黑暗里消失。

区长非常严肃地对刘长生说，千万别上了地主小老婆的当。地主的小老婆也会使用美人计的。

回到屋里，刘长生一夜没有合眼，心里想：我可不能上你兰花花的当。我决不中你兰花花的美人计。

刘长生再去开会，依然经过兰花花的门前。

兰花花依然站在门口看他走远。兰花花多么希望刘长生能回过头来看她一眼，甚至对自己一笑，就像自己进入徐家大院后，刘长生给自己的一笑，很微妙的一笑。

兰花花私下里想过，你刘长生对我那么一笑，心底里就不干净。

刘长生开会回来。兰花花拦住他，就说，天黑了，就在我家里睡。

刘长生一把推开兰花花，走之前，留下了两句话：我不会上地主小老婆的当。让我睡也不会睡。

刘长生的两句话像两把锋利的剑，一下子刺疼了兰花花，刺疼了兰花花的心。谁也没能拔出她心里的两把利剑。

刘长生走的时候，兰花花再没有望他一眼。她的眼里流出了泪水。

兰花花的 22 岁的天空，依然很美丽。她望着天上的云朵，平躺在收割后的田里。除了静静走过的风之外，她觉得四周太安静了。

兰花花需要这种安静，她把锋利的剪刀迅猛地扎进咽喉的时候，殷红的血在她的脖子上疯狂地流动。

兰花花的眼睛始终没有闭上。

一路走远的风中掺杂着血腥味。区长和刘长生赶到田里的时候，兰花花的身体僵硬地躺在徐富康的田里。

区长说，长生，就地掩埋。

刘长生看了看兰花花曾经拉过自己的一只手，始终没有看出什么。

刘长生轻轻抱着兰花花，他一直没有想到自己给过兰花花什么。

兰花花的 22 岁快要结束的时，刘长生帮她很快地找到了自己的墓地。

麦芽糖

赵家垸人种麦子。

打下的麦子，往赵家垸粮站送。赵家垸粮站是个很大的粮站。赵家垸的麦子从来没有填满赵家垸粮站的仓库。有的人家，麦子没有卖完，往往留下一袋两袋的，或做炒面，或熬糖。

农闲时，赵立梅就熬糖。

赵立梅就把那些麦子生成芽，再把麦芽磨成粉，放到锅里炒熟，加水，再用旺火熬。赵立梅眼前的热汽蒸腾，手中的推子会在锅里反复搅动，直搅得锅里的糊汤慢慢变成乳白色的糖稀，直搅得那些糖稀在推子上成丝成条时，赵立梅就弄熄了灶里的火，把那些提得上手的糖，放在木架上，反复地扯拉，甚至拍打，拍打得那些糖白净。赵立梅的脸上，往往会有一些细小的晶亮的汗珠往下淌。

从木架上取下那些糖，放在凉席上冷却。糖就熬成了。

赵立梅挑糖出去卖。

赵家垸很多人吃过赵立梅的糖，都说赵立梅的糖吃起来干硬、甜脆，还耐嚼。上了一点年岁的老人还说，赵立梅，你要把这熬麦芽糖的手艺传下去。赵立梅满口答应。

赵立梅在赵家垸砖场卖过糖。

赵家垸砖场的红砖多半运往城市，砌起了城市的高楼。做砖的民工多是四川来的，个个头黑脸黑。那些民工在砖场里很少看到女人，尤其很少看到像赵立梅这样的女人。他们很想吃到赵立梅熬的麦芽糖，同时很想看看赵立梅。看到赵立梅还在漂亮的脸蛋和身段。

赵立梅就一朵花似地站在那些民工中间让他们看。她仍旧用小木槌敲糖，敲糖的声音让砖场推土机的声音淹没。她把糖的块子敲得大一点，谁要，就卖给谁。那些民工也不挑肥拣瘦，个个争着要。他们手里拿着糖嘴上吃着糖，眼睛却盯着赵立梅，手上拿着的吃着的仿佛不是糖，而是赵立梅。至少左西是这样想的。

有个胆子大一点的民工叫左西。左西往嘴里送了一口糖，看了看赵立梅，说，赵立梅，年底，我要带你的糖回四川。赵立梅笑笑说，行。

左西把那块糖产生的糖水吞到胃里，还说，赵立梅，我要带你去四川。左西觉得那句话充满了甜味，充满了麦子的味道。

赵立梅一点也不惊讶。她说，也行。

很快，挑出去的糖就卖完了。很快，赵立梅的身影就在左西跟他兄弟们的眼里消失。

赵家垸会熬糖的就只有赵立梅。

走到哪，只要有人问起赵立梅怎么会熬糖的。赵立梅就说，小时候，我爹熬糖，我在锅边站，看他熬过，后来就看会了。

赵家垸的人不种麦子了。赵立梅还种。她有时候想，赵家垸好好的地荒着不种麦子，觉得太可惜了。有时候她还想，有一个人跟自己一起种麦子一起熬糖该有多好。她觉得左西是一个好人，每次，都是他叫出他的那些兄弟买她的糖，而不让自己空跑一趟。

赵立梅想到过左西。

赵立梅经常走到她的地边，看那些麦子在春风中起伏，看那些麦子在夏风中金黄。回头，她还遥望赵家垸砖场，直到村庄吹来的风在她脸上生冷；直到天空落下的雨打湿她的头发。

赵立梅始终这样想，有麦子，就有幸福，就能熬糖。

赵家垸很多的女人在往外走，那些杂沓而急促的脚步声，一点也没有激起赵立梅要离开赵家垸的欲望。赵立梅没有走。

赵立梅熬着糖。

天气很冷。赵立梅挑着糖来到赵家垸砖场。左西一把拦着赵立梅。左西说，我不回四川了，往后跟你熬糖。

赵立梅说，左西，你是有女人有孩子的人。你要真不回，你女人会怨你一辈子的。她一句话说低了左西的头。

赵立梅说，左西，抬起头，快把你的兄弟叫过来，每人一块糖。

左西抬起头，使劲地喊：赵立梅。麦芽糖。麦芽糖。赵立梅。

赵立梅回来的路上，天气更冷。

那年底，赵家垸砖场关停后，很多的民工回了四川，只有左西不肯回。左西站在赵立梅的屋外。

赵家垸下了很大一场雪，赵立梅把左西送出村外，雪还在下。左西走前面，赵立梅在后面。赵立梅说，左西，你要是个男人，就应该回去。

左西很不自在地走上了回家的路，雪花一朵朵地飘在他的身上。

赵立梅不走了，站在雪地。

左西回过头来骂：赵立梅，你的麦芽糖没卵味道，我的那些兄弟白买了你的那些糖。

左西边走边骂。

赵立梅揣着左西的骂声回来，俨然一个雪人，在左西站过的地方狠狠地踹了数脚，踹得那些雪矮下去，再矮下去。屋檐下，她重重地拍掉了身上的雪。

赵立梅再不熬糖。

过年时，那些从外面回来的女人，个个珠光宝气，回来不见赵立梅熬糖，也不见她卖糖，

便问，咋了?

赵立梅摇头不说，眼里含着泪水。

我不往下跳

穿着一套红色衣服的孙小力爬上塔吊时，天刚亮。

以往这个时候，她就一担小菜挑出门，在街上一阵接一阵吆喝。担中开着花或没开着花的菜就让人一把一把地买走。一条街没走完，她的菜篮就现底了。

孙小力很自如地在塔吊上往上爬。她觉得自己有力气，每抓住一块坚硬的角铁，嘴里反复念叨：抓牢点，我不往下跳！我不往下跳，抓牢点！

以前，孙小力在一次村里妇女提水比赛时，拿了个第二名。她本来要拿第一名的，却把第一名让给了村主任的老婆。比赛前，村主任私下里跟孙小力的男人说，光木，你要孙小力给我老婆一个人情，让一让，让我那婆娘拿个第一，我给你一壶酒。

光木同意了。光木回头跟孙小力商量：你就让村主任的老婆拿第一吧，说不定往后，啥事还要求村主任的。孙小力不依，噘着一张嘴，不跟人说话。第二天比赛时，孙小力作出了让步，到手的第一名让村主任的老婆给拿了。

村主任果真给光木送来一壶酒。收下那壶酒时，光木的脸上满是笑容。孙小力看见光木脸上的笑，就抹着眼泪说，原来，你就为了一壶酒，让我拿第二？渐渐地，几句话说低了光木的头。村主任送的那壶酒，他一直没敢喝。

孙小力像一团红色的火焰在燃烧。第一个看见孙小力像一团红色的火焰在塔吊上燃烧的是工地上的老蹇，老蹇从工棚出来打水洗脸，看见她走到塔吊边，就大声喊：干什么呢，你咋了你？老蹇觉得光喊没用了，甩了脸盘跟毛巾就赶紧走过来。孙小力也不示弱，站在塔吊上发话：你要走过来，我就爬得更快！老蹇就看着孙小力爬到了相当四楼的位置，像一团仍要上蹿的火。

老蹇很快拨通了包头的电话。这时，天已经大亮了。金色的太阳射在那座塔吊上，让黄色油漆刷过的塔吊更加明亮。那团火已变成一种耀眼的红，塔下的人再也看不清孙小力的脸。

第二个看见孙小力爬上塔吊的是光木。光木说：孙小力，你的菜还没卖，别往上爬了，下来好好说，不就行了吗？孙小力朝光木看了一眼，她第一次觉得光木站在塔吊下是那么的小，小得像青菜上歇着的虫子。光木的声音没有穿透工地，也没有传到孙小力的耳朵。

塔吊下很快来了人。很多人从不同的方向来了。有劝孙小力赶快下来的；有劝孙小力手抓牢角铁的。孙小力觉得塔吊下的人是那么的小，都如一只只蚂蚁。那个老蹇用手机打来的包头，也如一只蚂蚁。

孙小力不知下面的人在说什么，她一句也听不清楚。下面有人拿着话筒开始喊话。孙小力听见了："孙小力，我们老板答应给你赔偿损失，只要你下来！"孙小力又听见了："孙小力，你提个条件，怎么都行，千万别往下跳！"

孙小力觉得包头是在骗她。前半个月，塔吊上摔下的一块模板肆意地砸烂了她的屋面，留下一个很大的窟窿。包头答应给她赔偿，并且把那个窟窿给缝上。

一晃半个月过去了，就是不见包头的人影。孙小力找到工地上，工地上很多人说，包头不在，找我们没用，要不就找老板。听到这样的话，孙小力每次都快快地回来。

孙小力自己决定谁都不找了，就找塔吊。那天她在那座塔吊下站了好一会，塔吊雄伟的身段吸引了她的目光。第一次看见这么高这么坚硬的塔吊，她的眼确实看花了，可是她也看动心了。她在心底里说：孙小力就不找你包头，也不找你老板。我就愿意爬到这塔吊上看看风景，让包头让老板来找我。

孙小力还在往上爬。

塔吊下，人声嘈杂。喊话的人把话筒给了光木。老蹇站在光木的身边，手扶着光木，一个劲地说：光木，你快点喊，喊迟了，你女人就没命了。还有一些人也这么说：光木，你喊喊，那可是你老婆呀！

接过话筒，光木就一句一句地大声喊：疯婆子。老板答应了你的条件。以后。你我就在他的公司里做事。快下来。跟我们一起做事的还有老蹇！

几句喊出来，光木的声音喊哑了。

光木的眼里喊出了泪。

孙小力没有看见光木眼里的泪。光木“啪”一下甩了话筒，话筒让他摔得“啪”的一声响。光木身子一歪，差点倒下去，老蹇一手拉住了他。

光木很快回到家里。

光木很快从家里出来，他挑上了孙小力还没有开始叫卖的一担青菜。

光木把菜担放在了塔吊下，昂着头，手里拿一把青菜，来回地摆动。

孙小力终于看见光木在晃动青菜。她大声喊着：我的菜！好好拿着。光木，那是我的菜！

孙小力像一团没有熄灭的火，沿着塔吊缓缓下来了。很多人走开了。包头没有走开，像一枚钉牢的钉子。包头说，别闹了，孙小力，安排的几个人在给你盖屋。

孙小力轻蔑地看了一眼包头，然后，就走向光木，走向菜担。

孙小力接过光木挑来的菜担，一路吆喝地走了。塔吊就在她的身后，就在她的心里。就在那一天早晨，在城市的街上，用一团火来形容孙小力的穿着，不会过分。

可是很多人不知道，孙小力用心地爬过一次塔吊，并且没有往下跳。

放 羊

郑直在山坡上放羊时，跟郑直一起长大的炊灯来了。炊灯邀他出去打工。郑直看看那些羊，摇了摇头。炊灯两手拍了拍屁股，走了。郑直看着炊灯的身影越来越小。

郑直就在村里放羊。郑直放的羊并不多，就十五只，十四只是白羊，一只是黑羊。他有时望着那只黑羊发呆，这么多的羊里咋就一只是黑的？

黑羊是头羊。白羊都跟着黑羊走。黑羊往哪走，白羊就往哪走。

郑直没有羊。羊是他爹的。郑直爹说，等卖了羊，就给你娶媳妇儿。郑直站在爹的面前傻傻地笑，一点也没听明白。郑直爹又说，等卖了羊，就给你娶媳妇儿。郑直还是傻傻地笑。

郑直总是把羊放到对面的山里去。山里的草多。有嫩的草老的草，也有不嫩不老的草。头羊走得很慢，其他羊就走得慢。那些羊慢慢地出了圈，上了田埂，再过村道，就往山坡上爬。郑直就在后面走。右手里拿一根木棍。哪只羊不听话了，他就用木棍轻轻地打一下羊的腿。有的羊爬不上坡，哗啦一声滑下来。郑直觉得那羊没卵用，就走过去推了它的屁股。好多羊的屁股他都推过。所有的羊爬上坡后，他才浅浅地一笑。山坡上，是一些散乱的白云。

羊在吃草。郑直很多次看过羊吃草，看惯了，就不再看。他就坐在山坡上，看村道上走过的男男女女。他看见过村里漂亮的二妞穿着裙子在村道上走。二妞还朗声地喊过他。二妞喊他的时候，脸上笑开了花。二妞喊，郑直你下来，在村道上走走。郑直说，不走，我要放羊。二妞就一个人走了，像一只飞走的蝴蝶。郑直还看见过二妞跟一个男人走过。跟一个男人走的时候，二妞只看了看郑直，再没有喊他。他看见过二妞的肚子大了起来。

二妞的肚子怎么就大了起来，二妞是不是病了？郑直想。

天黑前，郑直就收了羊。

郑直最喜欢春天放羊，春天里，郑直的手上还是拿着一根小木棍。春天里草多，羊吃了草，就在山坡上晒太阳。有只公羊吃饱了草，就往母羊背上有一阵没一阵地爬。郑直就用手里的棍子敲几下它的背，敲得那只羊咩咩地叫。

天气一冷，郑直就穿了厚实的衣服出去，等羊吃饱了才回来。

年底，炊灯从外面打工回来，走到郑直家里。郑直一把菜叶一把菜叶地往羊圈里丢。站在郑直的羊圈外，炊灯捂着鼻子对郑直说，郑直，我要买你的羊，全买！买了送给我的老板。

郑直说，你买了我的羊，我去干啥？

炊灯就说，你跟我一样去打工呀。

郑直就说，我不打工，打工没有放羊好。炊灯就一笑，又问：二妞买你的羊，你干不干？

郑直说，二妞不会买我的羊。要买，她早就来了。

炊灯笑话他，郑直，我不买你的羊，二妞也不买你的羊，你留着羊睡觉吧。炊灯的手不再捂着鼻子，走出郑直的羊圈，头也没回。

郑直说，我才不让羊跟你炊灯睡觉呢。

郑直仍一把一把地丢着那些菜叶。

过年了，那条村道上，来了很多车，车上装了水泥，装了黄砂，还装了很多民工。郑直晓得，村道要筑成水泥路了。

那些民工筑水泥路的时候，郑直还是把那些羊赶到对面的山上去。那些羊在刚浇好的水泥路上踏出一些脚印。就有民工说，郑直，杀了你的羊。郑直笑笑说，羊不听话，杀吧。

坐在山上，郑直看见那些民工在修路。

村道修好，经过的车越来越多。郑直跟那些羊过村道时很小心。

郑直爹说，郑直，那村道上车多，不到对面山上放羊了，换一个地方。

郑直说，羊走得慢，我走得慢，不要紧。

郑直赶着那群吃饱的羊回家。那只黑羊走前面。突然，一辆小车朝黑羊撞来，黑羊一转身，郑直大喊，我的羊我的的羊。郑直赶紧跑过去。郑直就让车给撞了。那些白羊站在村道上，咩咩地叫。

郑直迷迷糊糊地躺在了医院里。

郑直回来，就瘸了一条腿。

郑直回来，就到羊圈里看，没有看到那只黑羊，就哭。郑直爹说，郑直，你哭个啥，那只黑羊，人家给赔回来了。

郑直的哭声渐渐地小了，后就没了。

很多人来看郑直。

炊灯来了。吹灯说，郑直，好好养伤，腿好了就不放羊了。

郑直说，我会养好伤，伤好了，我就放羊。

二妞来了。二妞腆着肚子来，看见瘸腿的郑直。二妞说，郑直，你的那些羊还在。每次过村道的时候，注意点。你爹说了的，卖了那些羊的钱，你爹就给你说媳妇儿。

二妞的话，说出了郑直的眼泪。

郑直仍旧放羊，他把那些羊放到半山腰里去。跟那些羊一起进屋出屋，一起上山下山，他有时想，少了一只黑羊，也没什么的。

郑直靠着拐杖走路。春天里，他的手上再不拿小木棍儿，再看见那只吃饱的公羊爬上母羊的背，吃吃地笑。

格尔的手机

格尔的手机是丁晚玉送的。丁晚玉从三千里外的城市回来，找到了格尔破败的家，她轻手敲开了格尔的木门，看见了帅气的格尔，就一把抱住，在他耳边大声说，格尔，想死你啦。

很久，丁晚玉松开格尔，说，给你看样东西。

格尔一下看清了，是手机。那闪亮的颜色，刺着格尔的眼睛。

丁晚玉没有把手机送给别人就送给了格尔。格尔在接过她的手机后，没说啥，就打开了，手指按着那些键，按得那些键清脆地响。丁晚玉说，格尔你按吧，想怎么按就怎么按。

格尔很快合上崭新的手机，看了看丁晚玉漂亮的脸。格尔弄不明白，自己就是在车站给她看了一下行李，就值得她这么喜欢？自己就只留给她一个村庄的地址，就值得她这么找到家里来了？

丁晚玉的脸就是一张美丽的脸，就是村庄最美的油画。在格尔的眼里。

丁晚玉就走了。临走，丁晚玉说，用手机跟我联系，别忘了。

以后，格尔活在拥有手机的日子。

格尔清楚，丁晚玉要去的城市离自己的村庄少说也有三千里。格尔就用手机跟她联系。

格尔握着手机，有时候，就是握着年轻的丁晚玉。格尔对着手机说就是对着丁晚玉说，我要给你写信，把地址告诉我！

丁晚玉说，地址不停地更换，我不能告诉你具体的地址，打手机就行了。

格尔说，行。

格尔对着丁晚玉说就是对着手机说，丁晚玉，给我买套西装回来。

丁晚玉说，行，我用包裹邮寄过来，过半个月，你到邮政所领。

果真，格尔就领到了包裹，打开包裹，是西装。一身合适的西装穿出来，村里人说，格尔没有找错人。

格尔就一笑。

很多时候，格尔把手机握在手里想，她丁晚玉咋就愿意养活自己？她又怎么会有那么多钱来养活自己？

格尔经常在人多的地方亮出自己的手机。村子里很多人坐在一起，格尔就掏出手机，对丁晚玉问个好道个平安的。惹得那些人傻傻地看着他，那些人弄不明白，那么小的一个东西，还能和几千里外的丁晚玉说话。

格尔亮出手机的时候，还说一句，丁晚玉买的。尤其是在村主任李卧富面前。

李卧富是村里第一个用手机的，在没有得到丁晚玉的手机前，格尔曾堆着笑脸地想借用一下他的手机。李卧富却说了一句，格尔，话费贵。然后就把捻着的手机，藏进了内衣袋子。留下格尔一脸尴尬地站着。

李卧富看着格尔的手机，很无奈地笑了一下走远。

村子里有人盖楼了。工匠丁丁当当砍砖砌墙的声音，格尔听见了。不断长高的楼，格尔看见了。回来，再看看自己破败的房子，站在屋前，就拿出手机，对丁晚玉说，是不是弄点钱回来，也把楼盖了？

丁晚玉说，行，我给你汇过去了，领了钱就盖楼，盖了楼，就结婚。

格尔就盖了楼。个个工匠还得了格尔发的红包，个个工匠的脸上绽放的是格尔带来的喜悦。格尔在盖楼时，就放出话来，盖好了，丁晚玉就回来结婚。个个工匠鼓足了劲，扎实地盖楼。

楼盖好了，那些工匠一个个回了家。

楼盖好了，丁晚玉没有回来，格尔感觉少了有那些工匠时的气氛，少了有那些工匠时的笑声。

格尔拿出手机，拨了丁晚玉的号码。盖楼前，就这个号码，好好的，咋就成了空号？格尔对着手机大声说。

格尔想，丁晚玉出钱盖的楼，她不可能不看；她不可能不再有新的号码；她不可能不回来结婚。

丁晚玉去了哪里？格尔想，给了我手机给了我西装给了我楼房，咋就愿意？

大热天，格尔站在村道上，毒辣的太阳晒着他的脸。看着南来北往的车辆，想想自己的钱都是丁晚玉给的，自己也耗费不起。格尔一身是汗地回来了。

格尔仍旧住在村里。有人问，楼盖好了，丁晚玉不是回来跟你结婚的？

格尔摇头不说。

格尔站在楼上，拿出手机，看看正面，又看看背面，想看到丁晚玉，啥也看不到。格尔这才发现正面反面的光漆脱落。手机有些旧了。

格尔等丁晚玉回来。格尔等丁晚玉出现。

格尔等了两年。

格尔要结婚了，对象不是丁晚玉。

新婚夜，楼里灯光迷离。格尔打扮入时的妻子落光了衣服，坐在新床边，急切等待格尔给她的一切。格尔平静地拿出那台手机，再次拨了丁晚玉的号码。仍是空号。

格尔啪的一声合了手机。

往后，不再用那台手机了。格尔的声音。

就当我是你等的丁晚玉。格尔女人的声音。

梅花扇

张小翠有一把扇，扇是梅花扇。扇上的梅，怒放的样子，正反两面都有，很精致。闲时，她还在扇上系一根红绳。扇子动起来的时候，那根红绳自然动起来，很好看。再闲时，她还在绳上扎一个或几个结，过些日子就解开来。

张小翠拥有这把扇子时，男人赵卡在城里的工地上挑砖。

热天里，张小翠就拿着扇子扇风，正反两面的梅花就很好地开着。那些开着的梅花就吸引了陶匠的眼睛。陶匠盯着那扇上的梅花，出神了好一会。心想，多浪漫的女人。然后，就赞叹张小翠的扇子：好扇！好扇！

在这样的赞叹里，张小翠很舒心地一笑。在这样的赞叹里，张小翠记住了陶匠。

在张小翠面前，陶匠是人家的男人。陶匠是村里最好的泥瓦工，很多人家的房子，他要么动过瓦刀，要么盖过瓦。

张小翠是拿着梅花扇跟陶匠一路进入橘林的。那橘林偌大，似一片绿海。

绿海非常安静。在张小翠的面前，陶匠就是一堵厚实的墙。陶匠的脚步在一棵橘树下停下来。橘树边是柔软的稻草。稻草是陶匠背进来的。几天前，陶匠想到了要跟张小翠好，就得把稻草背进橘林。

张小翠感觉橘林里仍然热。她就一手摇着梅花扇，扇上的梅花忽明忽暗。

陶匠像一堵墙一样地矮下去。

陶匠急急地拉张小翠坐下。张小翠坐下来，就听见自己的男人赵卡在大声地喊：张小翠。张小翠。

陶匠急急地解开张小翠的衣服。张小翠就让他解开。陶匠语气坚定地说，张小翠，今天，就做了你。

张小翠就躺在了稻草上。她的眼里是陶匠抖动的身体，耳里是陶匠喘气的声音。

张小翠的手无力地摇着梅花扇。朵朵梅花在扇上暗淡，渐渐。

张小翠奔出橘林时，太阳悬在天顶。她看了看天上的太阳，笑了一下，很满足。

下午，张小翠想起梅花扇，梅花扇忘在了橘林。

下午，张小翠找了陶匠。找到陶匠，张小翠说，陶匠，拿了梅花扇没？

陶匠摇头。陶匠说，你再去橘林找找。

张小翠就一头扎进橘林。找到那棵橘树，跟陶匠一起坐过的稻草还在，就是不见梅花扇。张小翠头有点晕，一脚踢翻稻草，她的眼里是那把梅花扇，再赶紧伸手去拿，不是梅花扇，是一把稻草。

张小翠出来的时候，手上没有梅花扇，脸上浸出汗来，豆大的粒。

丢了梅花扇，张小翠一路走一路骂：狗日的陶匠！

张小翠走进家中，一下子惊呆了，男人赵卡一手捏住红绳，绾了一个结，把那梅花扇挂在床头。那扇先是左右摆动了几下，也就是那些梅花摇曳了几下。然后，就不动了。

张小翠装作很平静的样子说，赵卡，你咋就往床头挂啥扇子呢？

赵卡就大声说，我赵卡就爱挂扇子。

张小翠说，挂吧！

赵卡望了望傻了眼的张小翠，一笑，狡黠的样。赵卡还说，千万别动它！梅花扇，我要看看梅花扇能挂多少年！

张小翠明白，再不能动那把梅花扇。

张小翠明白，再不能想那个叫陶匠的男人。

陶匠进城包工程前，见到了张小翠。陶匠说，梅花扇，不找了，下次回来，带几把回来。

张小翠摇头。

过了两年，赵卡家要起屋了，也就是说，张小翠家要起屋了。

从砖场拉来的红砖码在禾场上，有半人高。张小翠跟赵卡坐在红砖上。张小翠手里摆弄着一块红红的砖，不时地弄出一点声响。赵卡想到了陶匠。就说，这回修屋就请陶匠。张小翠说，很多的泥瓦匠不请，咋就请陶匠？

赵卡说，陶匠的手艺没得说，人又好！

张小翠轻蔑地一笑，说，请陶匠吧。

张小翠接着说，想去城里打工。

赵卡说，眼看着要修屋了，就不去了。

张小翠说，要去。张小翠说完，把那块红砖狠狠地砸在砖堆上。然后就低下了头。

赵卡看在眼里，觉得那块砖不是砸在砖堆上，是砸在心上。很久后，才说，去吧，屋修好了回来。

张小翠一走，赵卡找到陶匠。

陶匠来到赵卡家。陶匠没有见到张小翠，见到了梅花扇。陶匠看一眼梅花扇后，就听赵卡说，这回，屋要修大点。

陶匠就“嗯”一声。

陶匠的目光停在那把梅花扇上，就听赵卡说，这回屋要修宽点。

陶匠就又“嗯”一声。

赵卡说，自己的屋要修了，能不能帮着修？

陶匠说，能。

走出赵卡的家门前，陶匠随意地问，你家女人呢？

赵卡说，眼看着要修屋了，偏要进城打工。陶匠一脚踏出赵卡的家门，耳里是赵卡的回答。

赵卡的屋是陶匠修的。屋修好，陶匠就走了。

陶匠一走，张小翠就回来了。

张小翠一进屋，仍见床头挂着那把梅花扇。她突然觉得，自己把那把扇子拿在手上轻摇的场面是没有了。

张小翠头有点晕，就大声喊：赵卡，赵卡，死哪去了？

灌汤包

灌汤包是发家从城里带回来的。发家在城里搞装修。每天从家里出去，天不黑就回来。家里隔城里不远，就二十来里路。

发家回来前总要在城里买点什么回来。那一天，他在那个卖灌汤包的摊子前停了下来，蒸笼里冒出的热气飘飘袅袅。

发家女人冯秀兰把灌汤包拿在手上的时候，已经有点凉了。女人没有急着往口里送，而是放在锅里热了一遍。那些热气腾腾的灌汤包一口口让女人吃上了劲。好吃好吃！女人的嘴里完全是灌汤包的味道。

发家看着女人吃出了好看的脸色。

第二天回来，发家又拿出一小袋罐汤包。

发家用罐汤包喂养着自己的女人。发家发誓，只要自己的女人喜欢，只要那个卖罐汤包的摊主还卖。自己的女人不怕吃不上罐汤包。

女人在村子里说，城里的灌汤包比镇上的强十倍，口味正，吃起来舒服。那些听了发家女人话的人，生羡慕又生嫉妒。

女人说这话的时候，也让村里的男人梅唐听见了。梅唐也在城里搞装修，投靠的老板和发家不同。也都是早上出去，晚上回来。梅唐还一笑。女人没有弄清楚，梅唐的那一笑里，藏着什么。女人就回来了。

女人回来，发家也回来了。

发家结完账，又买了灌汤包回来。回来得比以往早，女人就问，回来得比那些天要早，是不是不在城里装修了？

发家放了手里拿着的灌汤包，说，老板要我到别的城里搞装修，一去恐怕有半年。

女人说，半年就半年。

发家说，我一走，没有人给你带灌汤包了。

女人说，发家，放心地走，我不吃了就是。

发家一走，梅唐就来了。

梅唐没有空着手来。

梅唐的手里提着一袋子灌汤包，他用一只手扬了扬，眼睛却看着冯秀兰的脸。他发现冯秀兰的脸是村里的少有的一张脸，除了清秀还是清秀。

梅唐的目光渐渐移向冯秀兰胸脯的时候，冯秀兰说，看什么看？

梅唐只一笑。

梅唐把那袋灌汤包放在冯秀兰手上的时候。天就开始黑了。

冯秀兰仍旧吃着城里的灌汤包。

梅唐有两天没送灌汤包来了。冯秀兰主动找了他。她说，梅唐，给带回来些灌汤包，反正顺路。

梅唐站在发家屋前的时候，手里就多了一样东西，是灌汤包。冯秀兰一喜。

梅唐在家里休息着，老板的装修材料还没进来。梅唐就在家里闲着。

梅唐突然想起一件事，她冯秀兰两天没有吃灌汤包了。

梅唐骑着摩托车就进城了。

梅唐就出了事。车撞到一棵树，梅唐躺在地上站不起来，一条腿动不了了。

梅唐躺在医院里，一条腿废弃了。村里很多人来看他，看过后就走了。冯秀兰也来了。

冯秀兰什么也没说，就轻轻地摸了他的另外一条腿。摸着摸着，梅唐就流了泪。

冯秀兰想，梅唐要不为自己，也不会这样。

冯秀兰看看梅唐，也走了。

梅唐成了独腿，再没有去城里搞装修。村里很多人叹息，前些日子还好好的两条腿，就剩一条了。

半年后，发家回来，又在城里带回来灌汤包。他对女人说，把那些灌汤包热一热。

冯秀兰说，不热了。

发家说，走之前，你不是喜欢吃的，咋又不吃了？

冯秀兰摇头。

晚上，冯秀兰说，你一走，村里的梅唐就出了事，一条腿也没了。村里好多人都看过他。你回来了，也应该看看他。

天一亮，发家说，冯秀兰，我去看看他。

女人说，去看吧，快去快回！

郑木的稻草人

郑家庄的一大块地，分给了十多个农户。郑木、蓝妖、层皮的在其中，并且，从东往西，蓝妖的地挨着郑木的，层皮的地挨着蓝妖的。

春天里，各家各户在地里掏窝子种花生。花生种下去，土一盖，还得防鸟啄。往往，鸟在地上蹦蹦跳跳后，就刨花生仁，见到花生仁就啄。花生仁一啄走，就缺窝，影响收成。

郑木女人看看天色还早，就说，郑木，扎个稻草人，吓吓那些鬼鸟，扎完了吃晚饭。郑木就在禾场上扎了稻草人。几把稻草、两件破衣服、再一顶黑色的帽子，就是一个稻草人。郑木再把一根木桩绑在稻草人上时，女人就在屋里喊，收了稻草人就吃饭。

天还没亮，郑木女人就用脚蹬了睡在床上的郑木，边蹬边说，天亮了，就立稻草人。让女人蹬醒了的郑木连声说行。

郑木就去了地里，果真见到了好些鸟。地里是很好的光线，有一些地气在飘逸，还有一些鸟在地里唧喳。郑木在地里一声狂喊，啊嚯！他还捡起一枚土坷垃朝有鸟的地方扔。鸟一下就振翅而飞，留下一些细小的影子。

地里剩下安静。郑木把稻草人立在了地头。阳光的温暖泊在稻草人身上。稻草人的影子长长的。郑木的也一样。他还对稻草人笑了笑，稻草人不笑。

蓝妖穿着一件红色的夹袄站在郑木身后，没笑出声来。

郑木转身，看见了那件红色的夹袄，就像看见了一团火。看见了身材好看的蓝妖，看见了自己想看见的蓝妖，看见自己想睡的蓝妖。

蓝妖小声说，立稻草人？

立。郑木小声回。

蓝妖用手指着地里，说，郑木，我那地里的花生也让鸟啄了，很可惜的。郑木就顺着她手指的方向，看见鸟动过很多窝子。

蓝妖接着说，郑木，你把稻草人立在我地里，我让你摸一把。

郑木疑惑，当真？

当真！蓝妖非常果断。

这一切，稻草人看在了眼里。郑木的手就在蓝妖的胸前缓慢走动，在那团红色火焰里走动。他把手在蓝妖胸前走动时温热的感觉记在了心里。他觉得那个稻草人很简单，也很恍惚。

蓝妖很快后退了两步。那团火烫伤了郑木的手。郑木很仔细地看了自己的手，然后说，你自己移过去。

蓝妖不依，要你郑木移。

郑木的稻草人就站在了蓝妖地头。

郑木回来了。蓝妖回来了。地里的光线依然明亮。

看见蓝妖地头的稻草人，层皮心头一热。晚上，层皮走到地里，把蓝妖地头的稻草人移到了自己地里。

从地里回来，郑木一直回味着自己摸蓝妖一把的滋味。郑木一想到那种滋味，就傻傻地笑。心里还骂：蓝妖，你她妈真猪。

郑木没有把自己摸一把蓝妖的事，告诉女人。郑木女人问，郑木，笑啥？

啥也不笑。郑木很自如地回。

一场透雨过后，地里花生芽拱出了土。想看看地里的花生空窝没，郑木女人就去了地里。

看见稻草人站在层皮的地里，郑木女人就来气，还骂，层皮，你不是人，郑木的稻草人你也要用？郑木女人抱回了稻草人。

郑木女人没去找层皮，找了郑木。女人声音很高地说，郑木，地里的花生缺了不少窝，他层皮把你的稻草人立在了他地里。凭啥？

郑木说，他层皮凭啥？

郑木女人说，找层皮要回这个理？

郑木说，是得找层皮，不能便宜了他。

郑木女人说，还不去找他？

郑木说，他去了城里。一口气找不到他。

郑木女人说，到城里去找他，不能便宜了他。

郑木补一句，等他回来，就跟他没完。

郑木女人才住了口。

蓝妖洗着那件红色的夹袄。她用刷子很响地刷着夹袄。郑木就站在了蓝妖面前。郑木看着那件夹袄，就看见了一团火。他看了看手，心想，上次，幸好没有烫伤。

郑木严肃地说，蓝妖，你不是人，我给你的稻草人，你立在了层皮的地里？

蓝妖停了刷那团火，说，我没送他。

郑木说，稻草人咋就立在了他的地里？

蓝妖说，我找那狗日的层皮去，他敢动郑木的稻草人？蓝妖说完，起身就要走。

郑木一把拉住她，说，我那婆娘还不知道我把稻草人立在你地里，便宜层皮算了。

层皮从城里回来，郑木见了他，也没跟他说话。蓝妖见了层皮，也不跟他说话。

地里的花生，就层皮的缺窝少。人都说层皮的花生看管得好。

那一大块地，很快就征收了，种没种花生的，种得好与不好的，一律补偿。

郑木女人说，郑木，一地花生，修高速公路的老板买单了，你就不找层皮了。

郑木才安下心来。

地没了，郑木拿出那个稻草人，找到蓝妖。

郑木走近蓝妖。小声说，蓝妖，还让我摸一把，稻草人，就归你。

蓝妖板着脸说，地都没了，要你郑木的稻草人卵用。

蓝妖再没有让郑木摸。

郑木放了稻草人走回来，没走几步，回头看着蓝妖优美地矮下身去，一颗跳动的火苗儿舔着稻草人，很快，一阵青烟倏地腾起，遮没了蓝妖的身子。

棉　鞋

羊福红着脸从山楝家出来的时候，山楝娘还拉着羊福暖和的手。

山楝在羊福的身后大声地喊，等等。羊福就站住了，回头看着眼前跑得上气不接下气的山楝。山楝手里拿着一双崭新的棉鞋。那棉鞋的底白得有些刺眼，鞋帮有点鼓，塞足了棉。两只鞋还用绳子牢牢地连着。

山楝把鞋塞给了羊福，说，天冷了，别忘了穿上。

羊福拿着那双棉鞋就回来了。他走一步路看一眼鞋，看一眼鞋走一步路，他觉得从山楝家到自己家的那段路特别短。

天还没有冷，羊福把鞋藏在了木箱子里，木箱子搁在了床底。

羊福做着木工活儿，每天早上出去，晚上回来。

羊福依旧穿着单帮薄底的鞋。

天气转冷了。羊福想到过那双崭新的棉鞋，他很想拿出来穿一穿。打开箱子，手拿着鞋，看见那白白的底，他便放了进去。

天气更冷了，很多人在家里烤着火，羊福仍旧出去。在人家里打家具的时候，脚下仍是那双单帮薄底的鞋。

雪在屋外不停地下，羊福再没有出去打家具。他烤着火，手里拿着棉鞋，看得入神。他很想试穿一下，一想到冷天不多了，又把棉鞋放进了箱子。

过了年，羊福就结婚了——山楝是随着春天随着春天的唢呐锣鼓嫁到羊庄的。

早春的夜，有些儿凉，羊福跟山楝睡在一块。羊福打趣说，山楝，那么冷的冬天，咋不抱我？

山楝只是笑，不说话，让羊福抱。

羊福的木工活做得好，有人邀羊福到城里去。羊福问山楝，山楝说，你去你去。

羊福去的时候，剪刀一样的风打在他的脸上，有些疼。

暖和的南风吹过来，羊福回来了，揣在袋里的工钱，有山楝的笑容一样厚。

山楝伺候着羊福，羊福让山楝伺候得好好的。吃好喝好的羊福就忘了箱子里的棉鞋。

天下起了雪，羊福再从城里回来时，袋里的工钱，少了一半。山楝脸上的愉快也少了一半，山楝问，羊福，你咋了？

问了半天，羊福才吐出一句话，在城里养了女人。

山楝的拳头雨点一样落在羊福的肩上。羊福说，我再不去城里了，回来守着一样东西。

雪继续在羊家庄下着。

那一晚，羊福没有睡，山楝也没有睡。山楝小声地哭了一阵，羊福就看着她哭。山楝把羊福从城里挣回来的钱放在桌上，羊福就看着她把钱放在桌上；山楝满满地清理了一袋子衣服，羊福看着她清理了一袋子衣服。就在山楝快要拉上袋子拉链的时候，羊福说，等等，还有样东西。

山楝看着羊福从床底搬出箱子，打开来，羊福伸手拿出了那双棉鞋。羊福说，天冷了，别忘了穿上。

山楝手上拿着棉鞋，站着没动，看着羊福。

山楝说，羊福，放进去。

山楝一件一件地从袋子里掏出了衣服。掏完，山楝说，羊福，睡，抱在一起睡。

羊福手里拿着鞋，呆呆地站着。

床上传来山楝的声音，羊福，还愣着干啥？

云很白

柳叶眉看了看天上的云，云很白，白得无法拒绝天空的蓝。她没想到，男人黄毛会在秋天的粮站出事。

黄毛装了满满一车谷子，运到了粮站，横一包竖一包下完谷子，让运谷的司机走了。他就找到吹着电风扇的粮站站长，吹电风扇的还有两个人。站长除了胖还是胖，站里人都喊他胖子，胖子说话声音挺洪亮的。他洪亮地对黄毛说：黄毛，这些天你死哪去了？谷子过了秤就打牌，你来了就不差人了。说完，又对另外的两个人笑了笑。

黄毛笑笑说，谷子过了秤，结了账就打。

一沓沓的钱到了黄毛欢喜的手里，他右手握着钱，还在左手着力拍了两下。那两下拍出了声，声音响响的，唰唰的。尔后，他就把柳叶眉的话给忘了。

有几朵白云苍白地在移动。在黄毛眼里，那一些白云是天空的腿踹乱的棉絮。黄毛看看天色还早，犯不着回去。

黄毛输得很惨。黄毛的一车谷子，全部输给了胖子。

胖子胸前堆着的是黄毛的钱，更是黄毛跟柳叶眉辛辛苦苦做成的一车谷。

很少红眼的黄毛红了眼。他看着眼前得意的胖子，看见胖子脸上零乱的笑。另外的两个人站起身就走了，牌局就结束了。

像搁在桌上的一张没有声响的牌，黄毛没了谷子，也没了钱。黄毛也不声不响了。胖子顺手给了他一张10块的票子，那一张单薄的票子，再也不会在黄毛手上拍打出响声了。

黄毛拿了那钱像松了绳的牛就走，他在离粮站不远的庄稼医院，买了一瓶农药。

黄毛又匆匆走到胖子主管的粮站，看看天上的白云，就像天空的大嘴饮尽白云一样，他站着一口气喝光了那瓶农药。

黄毛慢慢地倒了下去，眼里是越来越模糊的白云。

胖子看见了，洪亮地说，好好地喝啥子农药？

黄毛就出事了。

柳叶眉快速往粮站赶的时候看了看天上的云，云依旧很白。她不想把事情搞大。

黄毛来不及送出粮站，在胖子长一声短一声的呼喊里就死了。

黄毛死在粮站。胖子赢钱的喜悦让突如其来的慌张代替了。他等柳叶眉的到来。胖子看了看天上，云很白地定格在他眯着的眼里。

黄毛的身子已经冷了。柳叶眉一下扑倒在黄毛身边一阵猛哭。哭得胖子心里更难受。

渐渐地，柳叶眉的声音就细了，就停了。她问了一声，哪个是粮站的站长？

胖子早就站在她的身后，就洪亮地接了一句，是我。

柳叶眉说，站长，我家黄毛说不上是好男人，我不想把事情搞大，只是想办法快点安葬了。

胖子说，先拿 5000 块钱去。

柳叶眉就接过了胖子拿出的钱。

柳叶眉没想到事情搞大了。

村里去了好多人，男男女女的，就有了一支队伍。黄毛的尸体就抬了回来。一路上，队伍里就有人发话，说黄毛是站长逼死的，出这么少的钱，便宜了胖子。还有人说，一点钱打发叫化子，平时胖子的秤砣压那么低，压走了我们好多谷。有人跟着附和，队伍就不动了。

柳叶眉走在后面，听不见前面的人说啥。

有人开始建议，抬回粮站去，他站长给的钱太少了。

抬到粮站去！

只要柳叶眉一句话，抬到粮站去！

柳叶眉看了看天上，云很白，白得眩目。她摇摇头，说，别为难胖子了，人家往后还要掉工作。

队伍又往前移动了。

柳叶眉看了看天，天上还是一些白云，云很白。

她没想到事情越闹越大了。黄毛的兄弟六斤从外面回来了。

黄毛下葬两天了，柳叶眉还在伤心，她擦干眼泪，对六斤说，你哥也有责任，他要不和胖子打牌，就不会出这样的事。

六斤就愤怒地握紧了拳头。

六斤就在屋子里找到一把锋利的斧子。

六斤提了斧子就大步出门。柳叶眉拦着他说，你砍人家胖子干啥?要砍就砍我柳叶眉。六斤不依，还往外冲。

柳叶眉冲上去，就抱住了六斤。

柳叶眉大声说了一句，有我柳叶眉在，就不能伤胖子!

六斤猛地一转身，握在手里的斧子就伤到了柳叶眉的右手，他甩了斧子，一把握紧了柳叶眉的手臂。

六斤低下头说，我答应你，再不去砍他，求你把伤口包扎好。

柳叶眉答应了，六斤哭出声来，哥，嫂子不让我去……

不出一个月，胖子不再是粮站站长，也不在粮站工作了。

胖子觉得对不住柳叶眉。

胖子坐在柳叶眉的对面。胖子说，柳叶眉，胖子对不起你家黄毛。

柳叶眉说，站长，其实是我家男人对不住你，让你丢了好端端的工作。

一句话说低了胖子的头。

很久了，胖子开口，我想知道，黄毛兄弟咋就不跟我过来闹?

柳叶眉说，闹过，咋没闹?事情都过去了。你看看，他要去砍你，我一把抱住他，他握在手里的斧子还伤了我的手臂。

说完，柳叶眉左手捋起右手衣袖，露出了那道伤疤。

胖子走时，看看天，说了一句“天上的云很白”，就眼含泪水。柳叶眉看他一步一步走远。她抬头，盯着那些白云，云很白……

旺　宝

旺宝跟果露好。

旺宝女人去了城里，到了插秧的节骨眼上，他就想到了果露。

果露在旺宝的田里插着秧。果露的身后没秧了，就喊一声，旺宝，挑秧来。旺宝就把一担秧苗挑过来，站在田埂上往果露身后甩。秧把溅起的泥水落在了果露的衣服上。果露就让那些泥水溅，还笑着说，旺宝，你甩，使劲甩。

果露插下的秧，插得横行对横行，竖行对竖行。旺宝看在眼里，心里头舒服。

插完秧，旺宝拿出钱，说，果露你插一天秧也不容易，工钱，你就拿着。

果露说，旺宝，你家女人不在家，插秧没个帮手，我帮你插一天，也不咋的。

果露就走了。旺宝看着果露走回家。果露的衣服上是一点点的泥，那泥巴干过了，像开在衣服上的花。旺宝说，多好的女人。直到果露在那条弯曲的土路上没了身影。

旺宝躺在床上，睡不着。他嘴里还轻声念：果露果露。

旺宝想到了一定要和果露好。

果露的那块大豆地，经历春天的雨水后长出了杂草。天一放晴，果露跟旺宝在坡地里锄草。果露在坡上，旺宝在坡下。头顶上的太阳渐渐地毒起来。果露看了看地边的一棵油桐树，就喊，旺宝，树底下歇会儿！

旺宝就走到了油桐树下。凉凉的风吹过来，旺宝跟果露并排坐在树荫下。风吹得那些桐叶唰啦啦响。果露说，旺宝，你要跟我好，就不去城里。

旺宝笑着说，去了城里，就看不到果露了。旺宝的目光要不落在那绿绿的大豆叶上，要不就落在桐树叶上，一下都不在果露的胸前定格。

果露就说，你城里还有女人呃。旺宝就说，你城里还有男人呃。

果露就笑。旺宝也跟着笑。笑声渐渐地揉进了唰啦啦的桐树叶声中，变淡变细。

往后，果露干不了的活，旺宝就过来帮忙。同样，旺宝干不了的活，果露也过来帮忙。

旺宝想买台收割机。他急急地跑过去问果露买不买？站在面前的果露没有回答他。旺宝又说，两年就可以出本呃。果露看着急急的旺宝，说，你买吧！

旺宝就买了收割机。果露的稻子熟了，旺宝把收割机往她的田里开。果露的稻子就一大口一大口地让旺宝的收割机吃着。旺宝还把一袋袋谷子背回了果露的禾场。

旺宝就在村里一家一户收稻了。旺宝收完人家的稻子，回来得很晚，倒头便睡。

果露站在屋外喊，旺宝，你再累，也得把我那点谷子抬进仓。说不定天要下雨了。

旺宝说，天下不了雨，不抬了。

果露回来的时候就想，旺宝，你不是人。

晚上，天就下起了不大不小的雨。

天亮了，旺宝醒来，眼里是湿湿的村庄。想到果露的谷子，撒开腿就跑，跑到果露的禾场一看，禾场上干干净净，谷子进了仓。

果露见旺宝来，说，谷子进仓了，是菜芯过来装进仓的。

旺宝说，谷子进仓了就好。

往后，果露家再有什么事，再不叫旺宝，叫的是菜芯。

旺宝想，全村子的人，都用着我的收割机，果露你其他事可以不叫我，收稻你就少不了我的收割机。

旺宝等着果露来喊他收稻。

果露的稻在田里一天比一天幸福地黄着。

有人在跟旺宝说，几时几时割稻子。

旺宝想，你果露还不来？稻子收割要预计时间了。

旺宝仍在想，再等等吧，只要你果露一来，我就挤时间割你果露的。

果露就对菜芯说，菜芯，你要跟我好，就买台收割机来。

菜芯说，早就想买，怕跟旺宝争生意。

果露说，要买就买，生意他做他的，你做你的。怕啥？

菜芯下了决心。菜芯的收割机就买回来了。他就把收割机开到果露的田里，他的收割机在旺宝的收割机走动的田里开始走动。

旺宝远远地看着菜芯收稻。

旺宝想，果露，你不是人。

菜芯还没收完果露的稻子，果露是跟菜芯就为一件事闹翻的。歇完晌，果露低下身子收拾篾席，菜芯看着果露晃荡着的奶子大胆地说，果露，我要摸一把。

果露没让菜芯摸。她收起篾席站直身子说，菜芯，你不如人家旺宝。人家旺宝为我做事，啥也不图。

菜芯说，他旺宝是旺宝，我是我。

果露说，你走。那些稻子你不用割了，那些谷子，你也不背了。

菜芯没有摸一把果露的奶子。一路急急走出来的菜芯就奔上收割机，很快，收割机大声嚷着走出了果露的田。果露还没有收完的稻子就孤独地晾在夏天里。

果露站在田埂上一句话也没有说。

果露想，还是旺宝好。旺宝呢？

年底，旺宝的女人一身花花绿绿地回来了。

旺宝喜欢着自己的女人。旺宝在家里一把抱定了女人。女人让他抱得高兴，女人说，旺宝，一起进城去。

旺宝点点头。

女人从旺宝的怀抱里挣脱出来说，村里还有没有牵挂？

旺宝接上女人的话说，牵挂倒是没有，只是你一走，我买了台收割机，本还没出来。闲着了。

女人说，旺宝，闲着了就闲着了。

果露是看着旺宝进城的。果露站在门前，看着一前一后走着的女人跟旺宝。

旺宝回过头来，看着果露。果露很安静地站在树下。

旺宝女人喊：看啥子看？还不快点走，赶不上去城里的车了。

果露的眼里，旺宝加快了脚步。果露的眼里，旺宝越来越模糊。

歇响

天气热起来，赵庄人自然要歇响。赵庄人扎扎实实干了一上午的活，吃了中午饭，就安心歇响，歇好了，下午再复杂的活干起来有劲，有滋味。

在赵庄，很多人歇响是一种习惯，也是一种必要。赵庄人歇响时，求的是安静。要是让人打扰了，就再歇不下去。

罗玉歇响就让人打扰过。罗玉不应该还留在赵庄的，男人让她在城里帮一工程队做十来人的饭。她做了一段时间，觉得没在赵庄舒服，背着包就回来了。

罗玉在稻田里拔了一上午的稗草。罗玉眼里，稗草是看着一茬茬长出来的，眼看着抽穗，眼看着结籽，风一吹，还跳着舞。罗玉就急。在这之前，罗玉往田里撒了几包除稗草的药，药没一点效果，稗草没有死掉的意思，长得比水稻还高。有人劝她，人家买的杀稗草的药，杀得田里是一根稗草都没，你就不找找那卖药的老板，让他赔你点损失？罗玉脸上笑笑，说，自己花工夫拔吧。

罗玉的两手提着那些稗草走向田埂，两腿像灌了铅。她看了看天，太阳当顶，要到歇响的时候了。罗玉走上了田埂，回头看看，那田里的稗草精神地长着。

罗玉就歇响了，她想把那些疲惫在鼾声里融化掉。

打扰罗玉的是赵庄的村主任赵韧。赵韧大声叫醒了罗玉。

罗玉醒来，脸上是笑地看着赵韧，说，村主任，啥事？

赵韧说，你在铺子里买的假药，说不定人家方老板过来愿意赔你损失，你愿意接受不？

罗玉说，村主任就为这事来的？

赵韧说，罗玉，这事出在赵庄，我有责任让那卖假药的方老板来赔你损失，你知道不？

罗玉说，我不要卖药的赔，他没有错。

赵韧说，他怎的没有错？卖了假药，就是他的错，他方老板就站不住脚。

罗玉说，他不是卖的假药，是我没有按照他的意思做，田水进得太早了。

赵韧看看罗玉，再不说了。罗玉看看赵韧，再不说了。

赵韧就走了。

罗玉就躺了下来。

罗玉再也睡不着了。罗玉就起来，她想，他村主任赵韧怎么知道自己到铺子里买过杀稗草的药？

那天一大早，罗玉叩开了农资店方老板的门，方老板很热情地接待了她，当他把几包杀稗草的药递给她时，口气很硬地说，只要罗玉一半的钱，人家来买，一分钱不少。

罗玉小心地接过杀稗草的药。方老板的手就在罗玉的胸前很自如地摸了一把。

罗玉没把他摸自己那把当回事，就回来了，路上没看见谁。

罗玉再没有歇响，她在想，自己没说是在方老板的店子里买的，难道是他方老板自己说的？他方老板也不是三岁小孩，摸了人家的胸脯，还好意思说出去？他要不说，又是谁说的？

罗玉想问个明白。

罗玉就走向了赵韧的家。

从罗玉家回来，赵韧就歇响了。赵韧门前，是一棵梨树。赵韧就歇在门前树荫下，凉爽的风吹过他的梨树和他头上浓密的头发。梨树叶被吹得唰啦啦响。

赵韧是罗玉小声喊醒的。赵韧醒来，说，罗玉，啥事？

罗玉说，你在铺子里听了假话，说不定人家方老板过来愿意赔你损失，你愿意接受不？

赵韧说，罗玉就为这事来的？

罗玉说，赵主任，这事出在赵庄，他方老板说了假话，就该赔你损失。

赵韧说，我犯不着要他赔，他没有错。

罗玉说，他怎的没有错？说了假话，就是他的错，他就站不住脚。

赵韧说，他不是说的假话，是我没有按照他的意思说，把话说过头了。

罗玉说，不说了。赵韧说，不说了。

罗玉不说了，就走了。

赵韧不说了，就歇晌了。

罗玉走回来的时候，心里暗暗地骂，杂种的方老板，管不住自己的嘴，就让你白摸了一回，以后，再也别想在胸前揩油了。

罗玉看看天，过晌了。想到那些结籽的稗草，就走到了田里，只要一看见田里那些高低的稗草，罗玉就用力拔。

罗玉觉得晌没歇好，让村主任赵韧给搅了，手上没劲，拔一下稗草比上午还吃力。

罗玉看见赵韧在田埂上走。赵韧说，晌歇好了？

罗玉笑笑，你呢？

歇好了。田埂上是赵韧的声音传开来。

刘家玉的刀

刀不是刘家玉的嫁妆，她嫁到王庄时，嫁妆丰富。见了刘家玉嫁妆的人说，刘家玉的嫁妆才叫嫁妆呃。

她嫁妆里没有刀。她身上也没有带刀。

王庄有很多的男人在往外走，看着那些说说笑笑往外走的男人，家玉男人有了外出的想法，就对门前晾衣的刘家玉说，你带刀吧。

刘家玉噼噼啪啪拍得湿湿的衣服噼噼啪啪地响，她弄不明白，好好的，带啥子刀?

男人说，家玉，有一天会弄明白的。

男人去了一趟城里，为的是买刀。风风火火的样子去，风风火火的样子回来，手上抖过去抖过来是一把刀。

刀不长，光亮。男人把刀装进刀鞘，就对刘家玉说，带上它!

男人把刀朝刘家玉的腰上一挂，刘家玉就成了带刀的女人。

刘家玉带了刀，男人很满意，很满意地笑了笑，很满意地喝了酒，很满意地抱了刘家玉。

男人说，带了刀，王庄就没人敢欺负你，懂吗?

刘家玉一手按住刀鞘，似懂非懂地摇摇头。

男人一出门，刘家玉就爱护起刀来。

太阳明晃晃，家玉抽出那把刀，刀在阳光下，刀光闪闪。

刘家玉睡，就把刀放在床头。

刘家玉出门，就把刀带在身上。王庄很多人看见她，就笑话，好好的，带啥子刀?庄里谁会吃了你?

刘家玉回一句，是怕有人吃了我。

其实刘家玉一点也不怕人笑话。刘家玉心想，你们说你们的，我带我的刀。

只要一出门，王庄仍有人劝她，庄里有人要吃了你，带刀也没有用。

刘家玉回来，仔细一想，是真的，刀带在身上有什么用呢?

刘家玉就解了刀鞘，抽出刀来，轻轻摸了摸，就把刀放在箱子里。

刘家玉出门，再没有人笑话她，她也便轻松了许多。

男人出门半月，打电话回家里来，开口就问，刀是不是带着?

刘家玉撒了谎，带着！咋能不带着?!

男人挂电话前叮嘱，把刀好好地带在身上。

刘家玉说，刀我带着，你放心。

男人就搁了电话。

刘家玉又带了刀，王庄人看见她的刀，想她抽出来看看。

刘家玉不依。渐渐地，王庄人怕了她，弄不好，一刀捅来，坏了事。

胖胖的村主任不怕刘家玉。村主任碰到刘家玉，望望她腰间的刀，半天回不过神来。

刘家玉笑笑，说，想看看?

村主任就一字，想！

刘家玉唰的一下抽出刀来，刀在她手上闪着寒光。村主任一语不发地盯着刀。

刘家玉又笑笑，说，看够了?

村主任点头，又称赞，好刀！

村主任临走，说，刘家玉，这刀害了你。

刘家玉收了笑，看着村主任胖胖的身影走远，嘴里念，这刀咋的害了我?

男人又打来电话，开口就说，刘家玉，你可以不带刀了。

刘家玉问，我好好地带着，咋又不要带了?我都带习惯了。

男人挂电话前说，那刀，家玉你怎么处理都行。

刘家玉说，你这样对我可以，可不能这样对你的刀。

男人回到家，瞥了一眼带刀的刘家玉，好半天，男人说，不在一起过了。

男人拿出离婚协议书，让刘家玉签字。

刘家玉没有考虑，拿起笔，唰唰啦啦就签了。

男人就离开了王庄。

刘家玉没有回娘家。

腰上带着那把刀，在地里下着玉米种。庄里有人对刘家玉说，腰里带着把刀，咋不对男人下手？

刘家玉笑笑，下不了手。她又埋头下种。

刘家玉仍旧一个人过，她带着刀走到玉米地，地里是人高的玉米秆，秆上的玉米鼓鼓的。

有人说，刘家玉，你男人出去那么久了，也不回来，你腰里带着刀，咋不下手？

刘家玉笑笑，说，下不得手。她的身影就在地里出没。

不出一年，男人回来，两眼盯着刘家玉，然后看看她腰间的刀。

男人说，把刀给我。

刘家玉含着泪，轻手解刀，男人拿过刀，就要剁手。

刘家玉一把抢过刀，然后，狠狠地甩在地上。好一会，家玉说，以后，好好地过日子。

男人一把抱着刘家玉。

刘家玉轻手擦了擦男人的泪。

清　静

确切地说，苏子敬走时，留下一个背倚青山的院落，还有一个人。

那个人是年轻的向葵花。

苏子敬走后的一段日子，向葵花明显地老了，极像藏在地里的春天萝卜，她脸上的红润渐渐暗淡。那一段日子，她接了很多打给苏子敬声高声低的电话。她常常收到一些女人送给苏子敬的红红玫瑰，握着那些玫瑰，向葵花脸上摆出的笑容跟玫瑰一样生动。

向葵花机智地回了那些电话，机智地处理了那些玫瑰。她一点也没生出对苏子敬以前拥有许多女人的愤恨。相反地，她觉得，苏子敬给自己的生活带来了不少的亮色。

渐渐，那些打给苏子敬的电话，没有了；送给苏子敬的玫瑰也如落进草丛的露珠，摔碎了，没了。

向葵花轻轻一笑，缓缓地摇了头。她想清静。

向葵花想到了清静的最好办法是栽花。她愿意把属于村庄的属于城市的花栽到苏子敬跟自己生活的院子里。

向葵花落落大方地去了城里。她在城里的一个花圃端回了花草，有月季、米兰、夜来香、还有薰衣草等等。那些花依着季节开放，春天的秋天的，开出的花朵像一个个符号，更像一个个记忆。

向葵花在花里清静下来，又年轻了许多，脸上的红润多了起来，亮了起来。

她坐在院子里，时常想起苏子敬风光的样子。她脸上的笑就花朵一样无声地绽放。渐渐地，她还看见苏子敬在花影里来回地走着跑着。她有过激动。她知道，那是一种让人陷入痛苦的幻觉。像收鱼网一样地收了脸上的笑，起身随了院子里走动的微风进屋，倚在门边，看一眼院里的好景致。

那一刻，落在院子的阳光，正好打在她的左脸上，灿烂而生动。

有了好景致，自然引来脚步。

先是村主任程新的脚步。程新走进院子问她有没有不习惯村里的生活。向葵花摇摇头，程新又低下身来看开放着的花朵后，在花朵的注视里走了。

邻居的脚步在程新的背后响起。邻居是个姑娘，小她10岁。村里人藏话不住，说她在广东的五个城市作过舞女；说她跟一个福建的老板当过一阵秘书；说她跟苏子敬在一起过夜；说她还跟程新热乎着……向葵花不把这些放在眼里，更不放在心上，那都是过去的事了，如浮云如流水如青烟。

向葵花还是跟姑娘打了招呼。

向葵花表现出来的亲切，让姑娘打过眼影做过粉底的脸上，慢慢地浸出了汗，汗细细的。姑娘的话简单得如一朵铿锵落地的玫瑰，就一句，一院好花！

向葵花示意姑娘常来看看。姑娘会意后，低下身来吻那些吸纳雨水和阳光的花朵。姑娘没有久留，蝴蝶一样来，又走。

向葵花想闭目坐在院子里养神。刚合眼，她的眼里是程新是姑娘。

向葵花试图忘掉，也曾试图改变。

向葵花醒来，在后院深不可测的绿里，伐断一棵棵竹，白嫩的手指握着细瘦的竹。她看着自己的手，能握住这么好的竹，却没能握住苏子敬。她脸上的凄迷，像逐渐蔫下来的竹叶。

不出两天，向葵花栅了一道好好的篱笆，在她眼里，院子，院子里的花，就真正属于她一个人了。

向葵花安心。

一个阳光和露水做成的早晨，她起来后发现，篱笆外站着熟悉的面孔和陌生的面孔，指指点点院子里或大或小颜色不一的花。

向葵花笑笑走了出来，对着其中跟她年纪差不多的女人笑。那女人也笑。那女人憋不住话了，水一样放出来：程新主任说你栽了好多花，过来看看。

向葵花看看，一群人里没有程新，也没有邻居姑娘。然后，优雅地点点头一笑。

向葵花深刻地意识到院子不再清静，经常会有人来打扰苏子敬留下的院落。她也意识到自己犯了一个错误，错误地将那些花引进院落。

向葵花在夜里在无人走动的夜里，把那些花放在路口。

向葵花很认真地把一盆盆花放在路口。天亮后，她发现，村子还是像往常一样的平常跟寂静。

向葵花终于松了一口气，就在她着力拆除那道篱笆时，邻居姑娘仍旧打着眼影脸上打着粉底，穿着时尚的衣服时尚地走了过来，朗声对她说，葵花姐，请你参加我跟村主任程新的婚礼。

向葵花停了拆篱笆，说，好哇好哇。她的声音花朵一样开放。

姑娘一走，向葵花望着她的背影一句话也没说，手握住当初自己扎进土里的一根竹，想拔出来，又没拔出来。

她的眼里，是院落无边的清静。

红　薯

灶膛的火熄了，雨庭拿火钳在灶灰里几下拨弄，拨出红薯来，薯香就在屋子弥漫开了。红薯软软的，粘了好多灶灰。雨庭轻轻地拍了拍红薯上的灰，用一张纸反复包好，放在袋子里。

星光天，雨庭看看天，就开步了，手里提着袋，摸索着就走出了村庄。

雨庭走了半夜的路，天亮时分，到了街上。

街上的风一阵阵凉凉地吹过。梧桐树一句话不说地站着，一片一片的叶子让风吹一次后，再吹一次。

菜香是雨庭的女人。

雨庭站在那家娱乐城对街的梧桐树下。雨庭想，上次讲好了的，自己要来，现在来了，菜香也该来了。

菜香刚进娱乐城的时候，就对雨庭说过，有事找她就在对街的梧桐树下。那一次，菜香还说过，让老板看见了不好意思。

菜香还没来，雨庭一手插进袋里，用手一摸，红薯早冷了。雨庭开始埋怨菜香，你不当我是你男人了，咋还不来?

菜香苗条的身影从娱乐城里细碎着步子出来。菜香看了看街上，街上走动的人不多。雨庭一下子就见菜香来了，没有喊，当菜香来了就来了。

菜香也看到了雨庭。菜香也没有喊，就当雨庭来了就来了。

走近雨庭，雨庭就闻到菜香脸上散发的香味了。

菜香说，我以为你雨庭不会到得这么早，要不我早就出来了。

雨庭斜着眼回菜香的话，你应该晓得的，我半夜里高一脚低一脚就出门了的。路上没个伴，慌慌地走着，好孤单呃。

菜香说，你孤单，也怪不得我呃。我上次来，不也慌慌地来的?

雨庭说，你不是邀了个伴一起来的？

菜香说，开始是有个伴一起来的，半路上那个伴的男子汉追上了，说什么也要她回去。我就一个人来了，我还怕你怪呢。

雨庭说，我没怪你。只怪自己，养不起婆娘。让自己的婆娘给别的男人搓背。

菜香说，雨庭你莫这么说，你越这么说，我的脸越没地方放。再说，别人也没有白搓，还给了钱的。

雨庭说，我不说了，等会儿，街上人多了，看见了不好。你给娃积攒的学钱呢？

菜香说，带来了。菜香就从衣袋里拿出几张钱来。

雨庭瞥了菜香一眼，有些不解，问，就这点？

菜香说，这个月生意不好做，来的人少多了。

雨庭接过了菜香递过来的钱，往衣袋里一放，还用手拍了拍衣袋，然后，又扬了扬手里的袋子，红薯呢菜香。

菜香看在眼里，说，雨庭，你当城里没这东西？莫拿出来。

雨庭说，有是有，怕没我烧得香。在家里的时候，你喜欢吃的呃。

菜香说，那块地里的红薯你都挖了？

雨庭说，还剩一垄没挖，学校校长过来催，要学钱了，我就只好来了。

菜香看了看瘦瘦的雨庭说，红薯，你带回去，路上吃。

雨庭说，那你就是看不起我雨庭了。雨庭说完，就低下了头。

菜香劝雨庭，莫这样，雨庭。说着就把一只手伸过来，我拿着就是了。

雨庭看看没人朝树下走过来，就浅浅地笑了两下，嘿嘿。伸过手来就要摸菜香的手。

菜香的手没让雨庭摸，还说，雨庭，这是街上，比不得家里。

雨庭只好收回手来，说，晓得了。

临走，雨庭又说，村干部到家里来过几次了，为前两年的老欠款。

菜香说，你婆娘在街有事做了，就不怕还不上那点钱，你跟村干部讲点好话，村干部也不容易。

雨庭来了忧郁，我怎么讲呢？

菜香又说，你就说，自己的女人回来后再还上，不就两年的那点子小钱。

雨庭认真地听着，嘴里也说，记住了。

你快回去，这回莫走路了，坐汽车回去，不然让人看不起。

晓得了。

我在城里弄钱也不容易，给你的钱，回家了莫在牌桌上玩。

我晓得。我回去就缴了学费，我都好久没在牌桌边坐了。

你回去了莫跟人说，我在这里做事，人家会笑你雨庭的。

我晓得。你上次莫要我讲，我一直没讲，村里还没人晓得呢。红薯你拿着，不然，我不走。

菜香接了红薯。

雨庭走不远，菜香看了看拿在手里的红薯，又看看没人来，就一下甩出丈远。

菜香说了一句，你雨庭太傻了，走的时候也不晓得亲自己的婆娘一下。

菜香走过街来的时候，街上的人多起来了。菜香回头想看看雨庭的背影，雨庭不知走到了哪里。菜香的眼里只剩对街梧桐树上的叶子一片一片地在风里翻开来。

一棵没有少

开春后，润禾就到了乡里。

走之前，村里人说，看来屋里还是要有人，看看润禾的哥在县里，这下脚不沾泥出息了。

润禾没把这话当话，摇摇头就走了。

乡里干部忙。开会的开会去了，下村的下村去了，见不到几个影。润禾没有见到要他来的乡长，也不好意思找书记。

润禾就在乡政府门口坐，眼看着到中午了，润禾就在袋里拿出一个胖胖的红薯来啃，细细地啃过几口后，望望乡长来了没有。

慢慢地，润禾手里捏的红薯越来越小，乡长还没有来。

润禾上午到乡里，下午才找到乡长。乡长显然吃过饭喝过酒的样，脸色仍是红润，见坐在门口的润禾，忙问，润禾，吃中饭了没？

润禾说，吃了吃了。

乡长说，上次你往外运谷子，我们没搞清白，不知道你还有个哥在县里，让派出所的捆了你，多有得罪。

润禾说，过了的事，算了算了，润禾我不计较了。

乡长说，那是那是。

润禾问，乡长，那些猪呢？

乡长说，怎么好意思让你润禾喂猪？你就负责政府院子的绿化。

润禾说，还是喂猪好。不是说好来喂猪的？

乡长阴了脸，说，喂猪不好，你怎么就老是想到喂猪，搞绿化不好么？

润禾说，好是好，要不要签个合同？

乡长说，签。

合同就签了。润禾想，先负责一年了再看。

乡长的脸色不再阴，说，随你润禾的意思。

润禾就跟乡里签了一年的合同。

润禾在乡里住下来才两天，闲着没事的样，不是滋味，想想这个时候，在屋里正是犁田的季节，不由得摇了几下头。

乡长见润禾心里不踏实，就劝，乡里有事让你润禾做，急啥？

润禾说，不急呃，乡长。

第三天，乡长跟润禾说，有树要来。

乡里进了一批树。树是用汽车运来的，那些树的根带了土，用草绳缠着，一道道地缠着，生怕根上的土掉下来。那些树放在院子后，就是乡政府的了。润禾摸着那些叶才看清是玉兰。

树贵不贵，有多贵，润禾不去想。

树坑是年前就打好了的，放得下树。栽下那些树，润禾就觉得有事做了。

乡长走的时候说，润禾，这些树就交给你看了。按合同上的办，缺水的时候上水，治虫的时候治虫，一棵不能少。

怕风吹倒，润禾就找来木条，每棵树都让三根木条撑着。有了木条撑着，那些树自然站得正，站得稳。

春天在乡政府院子里过，也在那些玉兰树上过。棵棵玉兰树来的时候都挂着叶，栽下后，就该发新叶了。

那一天，润禾在院子里散步，一片玉兰叶往润禾身边飘。润禾仔细一看那树，树在落叶。润禾又看了另外的几棵，也有落叶的迹象。

那一夜，润禾睡不着。

天一亮，润禾进了乡长办公室，说，乡长，那些树出了点问题。

乡长说，那些树是有点问题，那些树是点了数来的，一棵不能少，栽着就行了，有叶没叶一个样。润禾你千万要一起上水上肥，一起治虫。

润禾迟迟出来，边走边说，我这就不懂了，没叶的树怎么跟有叶的树一个样？死过的树还要上水上肥？

天渐渐热起来，润禾在给玉兰润水。发了新叶的玉兰得了水，叶子发得油亮油亮，死了的玉兰也得了水，只是叶子还是掉，有的掉得没叶只剩枝了。

每次润完水，润禾就想，死了的玉兰怎么还要水？

有次润水的时候，乡长正好瞧见，说，在润水？

润禾举着龙头朝那棵没了叶子的树喷水。回乡长话，在润!

乡长狡黠地一笑，润得好润得好。

合同期满，润禾看管的树一棵没有少，那些掉了叶的树还站着没倒。乡长同意润禾按合同到财政所领工资。

润禾领了工资。

乡长问润禾，润禾你看见了，工资没少你一分，合同还签不签一年?

润禾说，不签了。我怕人家骂我润禾，四十出头了，还给那些不中用的玉兰喷水。

紫 桐

春天，上了年岁的鞋匠老歪，在一阵阵的咳嗽里没能把持住，头一歪，眼一直，走了。

站在他身边的紫桐擦了几把眼泪后，成了镇上年轻的鞋匠。

紫桐就在老歪摆过摊的地方，摆上自己的摊子。一台补鞋的机子，一口红漆漆过的木箱子，再一把有点破的遮阳伞。

阳光散开来，照着镇上的树，照着镇上的屋，照着紫桐放在一边的遮阳伞。要是手头没有活，紫桐就坐在摊子边，看过街的行人，看对面店里手上拿着书的冷梅。冷梅是冷老板的女儿。看过几眼后，就像老歪一样打起瞌睡来，鼾声也一段段传开去。

这边的冷梅，远远地见了，觉得好笑，他老歪师傅就带了这么一个徒弟？

冷梅的这一笑，让冷老板看见了，问，笑啥？

冷梅摇头不说，目光落在书上。

紫桐瞌睡醒来，用手擦擦眼，咳两声，算是振作起来。他想：要不是师傅老歪，自己早就到镇外的世界去了，省得守在这冷清的镇上。

这样想着，就有人把一双鞋递到紫桐的眼前，说，给补补，多少钱？

紫桐说，不贵，随你给！紫桐接了鞋就在遮阳伞下一阵敲敲打打，一阵粘粘糊糊，鞋就补好了。

镇上的人说，紫桐跟老歪的做派一样，补双鞋，一点也不宰人。

镇里生活的年轻人越来越少，要补的鞋却越来越多。来补鞋的多半是些老年人，他们用枯瘦的手把鞋拿到紫桐的摊上，再把补好的鞋拿回去。有的老人说，紫桐，好点补，我那儿子的这双鞋穿回来，不要了，要我丢，我舍不得，悄悄拿出来补，补了还穿得。

紫桐一笑，给你好点补！

年轻的紫桐就生活在老年人的来来往往里，那种很难产生高潮的生活，他有过觉察。冷梅的出现，让他有点吃惊。

冷梅的美是镇里没得说的。她在那间店里从 18 岁站到了 20 岁，从一种美丽站到了另一种美丽，就像一棵树经历了春天，再经历夏天。冷梅手里提着一双旧了的鞋，走到了紫桐的摊前。

紫桐的眼里，冷梅的鞋和脸上的美丽形成了强烈的对比。

拆线脱胶。上线上胶。补完冷梅的鞋，紫桐的脸上有了微小的汗粒。

冷梅没有拿出钱来给紫桐。紫桐并没有打算收她的工钱。冷梅很自然地说，接到店子里喝口茶，紫桐师傅。

紫桐指了指箱子边散乱的几只颜色各异的鞋，说，还要补鞋，

冷梅轻松地走过街。

紫桐看着冷梅走到店子里，他的心里并不轻松。他还有过这样的想法：冷梅这辈子会不会忘记，自己给她补过鞋?

后来的日子，紫桐看见冷老板的店里多了一个小青年。那个小青年在冷老板的店里殷勤地干着活，殷勤地和冷老板说着话。紫桐还看见，天色暗下来，那小青年一块接一块地上着门板，把自己和冷梅隔在两个世界里。

夏天来了，紫桐撑着那把遮阳伞，就听见冷梅的声音：“就是和紫桐在一起，也不要和他在一起。”那是一种穿透小镇的声音。紫桐撑开的伞，一下子就合上了。他再次使了很大的劲才把伞撑开。

紫桐再不敢看对面的店子，再不敢看冷梅，他不知道那个殷勤的小青年是不是还在冷老板的店子里?

房前是月光，是亮亮的月光。紫桐脱下衣，一想到那句话的分量，就翻来覆去，睡不着。

紫桐失眠了。紫桐屁颠屁颠地跑到镇医院，让那个年纪不小的女医生严肃地把了一次脉。女医生一笑，露出一嘴的白牙，说，紫桐，到了你这个年纪，失眠几夜是正常的。

紫桐笑着走回来，眼里是越来越近的秋，一只蝉在一棵树的浓荫里叫了很久。

秋天里，紫桐盼着冷梅早点嫁人。

冷梅终于嫁人了，老公是老板，老板大她 40 岁，也就是冷梅 20 岁，她老公 60 岁。

冷梅的爹跟镇上的人说，冷梅不喜欢那个小青年，倒是喜欢现在的老板。

紫桐再不失眠。

冷梅跟老公在紫桐的面前走过。紫桐看了一眼冷梅，就埋头补着手中的鞋，一阵风吹过来，吹乱了他的头发。

紫桐以为这样平静的日子会很快过去，会像风一样过去。

冷梅提着一箱子的鞋朝紫桐面前一放。紫桐看了看，有几双不是冷梅的。他翻弄着那些鞋，发现一双还是崭新的。他就问，冷梅，这鞋不是好好的吗？

冷梅出手，在鞋上快速撕开了一道口子。

紫桐一惊。他说，这么多鞋，一下子补不了，你明天来。

冷梅说，我守着你补，看紫桐师傅补鞋舒服。

天黑前，紫桐补好了鞋。冷梅一把抱住紫桐。紫桐让她抱。

冷梅的耳边传来紫桐的声音：好好过日子，你是有男人的人了。

松开紫桐，冷梅眼前的天就黑了，眼前的秋天悄无声息地就完了。

紫桐默默收拾摊子，那台机子算一头，红漆箱子和遮阳伞算一头，一担挑起来。他回头看了看冷梅那模糊的店子，看了看站在店子前模糊的冷梅。

走不多远，紫桐听见那个60岁的男人的喊声：冷梅！冷梅！

紫桐把冷梅这个词装在自己的心里。

紫桐再没有在镇上出现。紫桐到底去了哪里？

冬天来了，洁白的雪在镇上下着。

紫桐摆摊处，冷梅身上的雪，落了厚厚的一层。

受伤的鸽子

鸽子受伤了。它飞到那个山坡上，就再也飞不动了。

鸽子不想死去，双眼仍旧睁开。它的眼里，一只小花狗在经过山坡。那只蹦跳着的小花狗看见了鸽子。鸽子振翅，再一次飞起。飞不多远，落了下来。小花狗朝那只鸽子跳去。这是村庄的一个山坡，太阳刚刚露出红红的脸。

一双手把鸽子快速地捧了起来。那是袁四的一双手。袁四不知道自己的这双手在这样的早晨会这么有力。

袁四出门的时候，还在抱怨自己的那双手。那手很臭，简直是一双臭极的手。过去的秋天，他在骑车时，手没有掌好车把，快要进村的时候，出了事，伤着了人家。他在内心骂了自己，怎么会有这么一双臭手。

袁四看见那只鸽子，就有了捧起它的想法。尽管自己的手臭，他还是伸出了双手。那只鸽子蜷缩在山坡上，一动不动地让他捧。

鸽子握在手上。小花狗没有靠近鸽子，也没有靠近袁四，静静地站在一边，嘴里汪个不停。袁四一跺脚，小花狗吓得一阵跑。袁四还朝那条小花狗一阵紧追，小花狗吓跑了。

袁四停下脚步，看了看那只鸽子，很可爱。它有双红宝石般的眼睛，灰黑色的嘴。墨绿色的脖子，浅紫色的胸脯。鸽子在袁四的手上就是一幅完整的画。

袁四看看天，看看村庄，就回家了。

袁四一路走就一路想，好好地待鸽子吧。

袁四是被女人骂出来的。袁四骑车伤着了人家，赔了不少的钱。女人天一亮就骂他，天黑了，还骂。袁四觉得委屈，钱赔了还可以再挣，用不着天天骂。

袁四下了决心，打算离家出走，再也不想见到骂自己的女人。他曾想：骂吧，有一天，我走了，你就骂不着了。

袁四希望这一天早点到来，走得越快越好，走得越远越好。

袁四脚步沉重地回来了。

女人看见袁四，骂声又起。袁四不理女人。

袁四就这样打发着日子，再不离家出走。他从草垛上抱来一些柔软的草，把那些草揉细，再揉细。他还在自己的屋里设置了一个干燥的草窝。然后，他把鸽子放在了草窝里。鸽子的眼睛静静地闭上了。

鸽子需要安静。

女人看着袁四做着这一切，然后发话，袁四，往后，你就跟鸽子睡。

袁四听到了这句话，仍不理女人。

袁四拿出一个碗，在水缸里舀了半碗清水。他先让鸽子喝了两口水。袁四再让鸽子吃下那些豆子和谷物。

到晚上，鸽子的精神好起来。

鸽子的伤势逐渐好起来。

袁四女人的心情却坏起来。就在那天早晨，袁四用那些绿豆喂养鸽子，他把一粒豆子喂进鸽子嘴里的时候，女人提出了离婚。

袁四不假思索地说，离。

鸽子把那粒即将吞进肚里的豆子快速地吐了出来。

袁四再喂。鸽子抿嘴。

袁四的眼里是泪，说了一句，等鸽子的伤好了，再离！

袁四擦干了泪。

不出一个月，鸽子恢复了健康。鸽子可以在蓝天上飞了。鸽子在天上飞过一阵后，打一个漂亮的旋儿，如一枚好看的叶子歇落在袁四的禾场上，然后在地上寻找食物。

袁四看见那只会飞的鸽子，说，鸽子，你飞吧。

没一会，鸽子就飞了。

袁四女人要走。袁四不拦她。袁四问了一句，那把砍过柴的刀还在？

女人说，当初你放哪，还在哪。

女人走之前看见袁四在磨那把刀。他把那把刀磨得雪亮。袁四也不拿眼睛看女人。

袁四在女人走了一个时辰后才开始追赶她的。袁四奔跑的速度很快，他的眼里一切都在模糊。

女人眼里的一切更加明亮，蓝天空旷，大地空旷。女人在一块空旷地边正缓慢地行走。

袁四追上了女人。袁四的刀挡在女人的胸前。那刀寒光闪闪。闪闪的寒光刺伤了袁四的眼睛。

袁四说，你走不了。

女人也不害怕。女人认得那把刀，她看清了刀上的寒光。

女人抬起了头，再不骂袁四。

袁四跟女人的目光对视。他们的四周是空前的安静。袁四的耳里传来鸽子飞动的声音。

突然，那只鸽子落在女人的肩头。

看见那只鸽子，看见那只有着宝石般眼睛的鸽子。袁四下不了手。

袁四收了挡在女人胸前的刀。

袁四失望地走回来。袁四看了看身后，女人站着没动，歇在她肩头的鸽子，唰地一声飞向蓝天。

袁四藏好那把刀出来，看见鸽子在禾场上出现。他在仓里抓出一把金黄的谷子撒在地上。鸽子认真地吃着那些谷子。袁四说，鸽子，你的出现，我对她不了手。

鸽子扇扇翅膀，翅膀扇得响响的。

袁四知道，是鸽子让他重新做了一回人。

没两天，女人回来。

女人像换了一个人样，再不骂袁四。

袁四知道，是一只受伤的鸽子让他回到了从前，也让女人回到了从前。

法水

在梅村，很多人讨厌抽烟喝酒，这样的坏习惯，法水身上就有。

法水爱抽烟。法水抽烟一根接一根。法水一张嘴，让烟熏得焦黄的牙就露出来。法水辛苦赚来的钱，有一半消耗在烟上。

法水爱喝酒，法水喝酒一杯接一杯喝。法水一打嗝，吐出来的酒气，隔老远就能闻到。法水辛苦赚来的钱，有一半消耗在酒上。

梅村人劝法水：少抽点烟，攒点钱弄个女人。

法水摇摇头。

梅村人劝法水：少喝点酒，酒是穿肠毒药，攒点钱弄个女人，冬天好暖脚。

法水摇摇头。

有了这两样坏习惯，梅村人不愿跟法水接近，再不愿劝他。

余痕是梅村最漂亮的姑娘。余痕在法水抽着烟的时候说，法水，你要不抽烟不喝酒了，余痕就是你的女人。

法水疑问，一言为定？

一言为定！余痕的话掷地有声。

余痕就成了法水的女人。

法水再不抽烟。法水就去粮站上车，粮站的谷往外调运，来了车，就有人装谷背谷。法水就成了背谷的人。一满包一满包地往肩头上扛，再耸耸肩，法水觉得没事。法水弄来的钱再不买烟，回来就交给了余痕。余痕拿着法水的钱，就去玩牌，先玩小的，再玩大的，余痕就上了瘾。就从牌桌上下不来。

天黑了，余痕回到家，对法水说，法水，我想玩牌，给的钱都输了。

法水不生气，说，余痕，你输吧，我不心疼。

法水，你辛苦弄来的钱，你还是抽烟吧。

余痕，我不抽烟，我真的不抽烟了，我答应过你。

法水再不往下说。

余痕流泪了。

法水再不喝酒。法水就去工地挑砖，一满担一满担地挑，再擦擦脸上的汗，法水不觉得苦。法水弄来的钱再不买酒，回来就交给了余痕。余痕拿着法水的钱就去玩牌，先白天玩，再夜晚玩，余痕的瘾就越来越大。半夜里，法水找到在跟另外 3 个女人玩牌的余痕。余痕慌张地放了牌，说不玩了。法水说，玩吧，别扫她们的兴。法水就径直回来。

天亮了，余痕回来，对法水说，法水，你喝酒吧，你要不喝酒，我心里难受。

法水说，我不喝酒，我真的不喝酒了，我答应过你。

余痕流泪了。

粮站的粮食越来越少。法水就不在粮站背谷了。工地上要挑的砖挑完了。法水回来对余痕说，不背粮，也不背挑砖，我到广东挖煤去。

余痕看了看法水说，行。

余痕拉着法水的手说，到了外地，你抽烟喝酒吧。

法水摇摇头。

法水看着梅村春天的风景，一脚一脚地往外走。

年底，村庄有一天没一天地飘了雪，法水在雪天回来，一脚一脚地踩得那雪发出咯吱咯吱的响声。

法水在背包里拿出厚厚的一叠钱来，说，余痕，我挣的钱，你拿着！

余痕说，法水，不瞒你说，我输掉了不少钱，还欠着人家的呢。

法水说，余痕，拿去还账，往后，我还可以再挣。

余痕让法水说出了泪。余痕说，往后，我再不在牌桌上玩牌了。

法水笑笑，想玩你就玩。

过完年，法水背着包，又去了广东。

余痕再不在牌桌上玩牌了。余痕就开了地，就种了红薯。那红薯长得好好的。余痕就种了水稻，那稻子绿绿的，也好看。

余痕想法水回来看看。

余痕就打通了法水的电话。法水说，老板说了，挖煤要紧，就不回了。

余痕哭着说，法水，我打牌又输了，拉下了不少债。你赶快回来，要不很多人说你女人不是人。法水说，我就回来，拿钱给你填上，你别哭你别哭。下午就去车站买票。

法水很焦急地回来。一到家，他一把抱着余痕，说，把那些钱给还上。

余痕说，我没玩牌了，只是想你回来看看我栽的那些红薯和水稻。

法水说，我看我看。法水还说，我在外面没有抽烟，没有喝酒，更没有玩女人。

余痕说，我晓得我晓得。

余痕就带着法水在地头看那些红薯的藤叶在地上说着梦话，还带着法水在田边看那些水稻无语地翠绿。

晚上，余痕和法水看着电视。

法水惊呆了，自己挖煤的那个矿透水了，好多的兄弟没有出来，抢险队正全力抢救！

余痕用手摸着法水的脸说，法水，你没事吧？

法水一把抱住余痕，急促地说，婆娘，你救了我，要不，我就出不来出不来，你知道不？

余痕让法水紧紧地抱着。

很久，法水说，家里有没有烟？有没有酒？我只想看一下，闻一下。

余痕摇了摇头。

渐渐地，梅村的夜就深了。

法水说，睡吧，余痕，我还想挖煤。

余痕说，睡吧，法水，往后挖不挖煤，天亮了再说。

最后的牛

我们那地方，牛不多。有的三、四户人家养一头牛，有的七、八户人家养一头牛。一个屋场上就10多头牛。

我和官叔家养一头牛，在我们那里，是一个特例。原来还有陈皮、花椒跟我们一起养牛的，后来，陈皮、花椒合伙作木材生意，都发了财，搬到城里去了。他们主动提出不种田，也不养牛了。我和官叔还补了些钱给他们。

牛要好好养，冬天不让冻着，夏天不让晒着。哪家死了牛是让人看不起的，人家会说些不咸不淡的话。那话伤人。

我们家就和官叔家让人看不起。

那一年，我们家的一头母牛一口接一口在春天吃多了紫云英。春天，我家田里的紫云英长得特别茂盛。母牛吃了紫云英后，肚子胀得特大像怀了牛崽。官叔看在眼里气在心里，手里拿着一根鞭子，牵着牛绳，使劲地赶着母牛不停转圈。有时候，一鞭子抽得急，母牛冷不防吃了鞭子，就跳起来，样子很吓人。没几下，那母牛转得不耐烦了，就不停地撒稀屎。有的稀屎还砸在了官叔脸上，官叔想，你拉吧拉得越多越好，拉空了肚子就好。

母牛拉了稀屎之后，体力严重下降。吃草也特别刁，尽恋些嫩草吃。

官叔脾气丑，见不得这场面，还恶言恶语，骂：杂种的，要吃刀了。

母牛横一眼官叔，还是只吃嫩草，对那些水分较足的草，就是吃到嘴里，也要吐出来。

母牛干不了的活，我和官叔就是有天大的本事，也拿那些没翻耕过来的田没办法。

村里兽医徐毛见了牛吃草的场景，就对官叔说，你那牛的命，活不过秋天。官叔不信，当着徐毛的面说，老子要让它活过秋天。

官叔还和徐毛下了一条烟的赌注。谁要是输了，谁出一条纸烟。

此后，官叔就对牛好。他把牛系在树阴下，还割来一些嫩草。晚上，在燃着的干草上浇上水，让一阵阵的浓烟熏走牛蚊子。

母牛的体质还在下降。

官叔出去找了牛贩子。牛贩子姓姚。官叔从怀里掏出两包纸烟，给了牛贩子，然后说，我那头牛就拜托你了，你认得的牛贩子多，多一个牛贩子多一条路。官叔一口气讲了很多话。归根到底，是求牛贩子。

牛贩子说，官老板，把牛牵到我家里来了，我就给钱，一分不少。

官叔带着这样的好消息，快速地走回来，就跟我说，赶紧把牛牵过去。牛牵到了，就拿钱。

我牵着母牛走上了去牛贩子家的路。

我走在牛的前面。牛走在我的后面。我走得慢，母牛走得慢。

我知道，走到牛贩子家，要翻两座山。那两座山，对我来说，是一段遥远的路，对牛来说，也是一样。

走了不到一里。我听见身后的牛说。小兄弟，我不走了。

我说，牛，你要走，你不走，我就拿不到牛贩子手里的钱。

牛说，我走不了。我要死了。

我说，牛，你不能死。你死了，很多人会看我和官叔的笑话。

牛用鼻子使劲地拉了一下我手里的牛绳。然后，一个趔趄，倒了下去。

牛就死在了路边，死在了那个秋天的下午。

我屁颠屁颠地跑回来告诉官叔，牛死了。我不敢想象，我那话一出口，会不会在官叔的头顶放了一个响雷。

官叔说，咋就死了呢？咋就活不到明天呢？官叔显得很平静。他早就预料到了牛的这一天。

官叔自己不抽烟，却在众人面前舍得了一回。官叔在商店买了两条纸烟，走进各家各户，只要看见在家里的男劳力，官叔每人给他一包烟。说，帮忙把牛抬回来。

抬牛的时候，徐毛看见了，他对着走在牛前头的官叔说，我说了，牛的命活不过秋天。

官叔不跟徐毛计较。仍旧抬牛，脸上的汗，一粒粒，豆大。官叔没有跟徐毛说打赌的事，更没有说到那条烟。

官叔匆忙地喊了个杀猪的屠夫。屠夫一到，拿出工具，很快剥了牛皮，然后，用钩子、刀子拉肉和割肉。

那头母牛总共割了三担牛肉。

官叔跟我商量。官叔说，死了牛，让人看不起，所有的牛肉，挑到街上卖。我同意了官叔的想法。

官叔还请了两个劳力，三担牛肉挑到了街上。回来的时候，还有一些筋筋绊绊，官叔说，也没心思吃，就甩到了河里喂鱼。

我跟官叔没了牛。

田要犁了。

我就跟榆木家结对子，找了榆木家的牛犁。我还想说通榆木，也帮官叔犁田。我一提，榆木就摇头。

官叔没有找到犁田的人家。他的田没种。村干部知道后，从别的队里调了牛，才耕耘了官叔的田。

死了牛，官叔倒霉了好些年。

那些年，官叔一直单身。外村人给他提亲，屋场上人就打破，说风凉话。有的说官叔喂头牛都喂死了，往后，看他怎么还养得好女人？

官叔听了，心里凉凉的。

我进报社当记者的那年，有人看上了官叔。那人是槐春。

槐春个子大，官叔见了，心里喜欢。

槐春嫁过来时，娘家用一头青毛牯牛做了嫁妆。

官叔那年总是很神气地牵着牯牛在山里走动，在田埂上走动。

夕　阳

夕阳的余晖是沿坡地向下延伸的。到远处，一条水在黄昏里细细流过，很浅。

艮平嫂在地的高处收割麦子。

密密匝匝站立的麦子，很黄很熟。艮平嫂停下来，看看远处的太阳，浑黄无力地挂在天边。她又朝坡地下边望去，看见亦保也在割麦，样子依旧地懒散。

艮平嫂知道：这辈子是拴坏了亦保，让亦保守在一个窝里，没生儿也没育女，此生此世就为一张嘴，饱了肚子就下地，下完地就回小屋去。

离地不远是一间小屋。屋早已疲惫和苍老，横在屋顶的枝条和茅草在夕阳下，也不说什么也不梦什么。艮平嫂更是明白：那些枝条和茅草，也是亦保从很远的山里头弄来的。

麦子一把把在她手中放倒。

艮平嫂狠劲地捻住麦子，狠劲地用镰刀割去。麦地向后空荡荡走远。忽然，麦地里窜出一只肥大的蚂蚱，歇在她的胸脯上。艮平嫂既不害怕也不奇怪，反而有一种亲近之感，看它那机灵的样子，艮平嫂想起什么。

那时的麦子还没有黄透。那时的艮平的脸上仍有两片桃红一天比一天好看。垭内的人说艮平的姿色是那条水给的。

水从山里流来，清悠悠的。天还没亮透的时候，艮平就喜欢上那水，梳头洗脸，那水也喜欢她似的在脸上走，一走就好看。

某一天，垭里热闹了。说是来了个卖货郎，人生得极俊。说话做生意头头是道不走调儿，更让人羡慕。卖货郎沿着那水走进来，一进来就见艮平。卖货郎就不想走了。艮平也看卖货郎呆了：村里还没见过这样的伢！

艮平约卖货郎走走。

卖货郎应声。

从坡下朝上望。一垄连一垄的麦子，风吹涌动，高高低低的麦子惹着艮平的眼睛。艮平心里头一热。卖货郎心也暖了……麦地里猛地窜出一只蚂蚱，那蚂蚱歇在民平的胸脯上，好一会不肯走。卖货郎呆了，任天高，任云白。

麦地光线是一丝一缕变淡的。艮平嫂脸上的汗水出来又落掉，望望坡下的男人，忍不住地喊：亦保。亦保。

坡下男人仍不应声。只有风吹麦子的声音，只有麦子涌动的声音。亦保正朝那水边走去，身影一颠一簸。一簸一颠。

艮平嫂捏住又放下手中的麦，站起身，望望落入远山的夕阳，心里不由得失望。

水那边才是路。

路通向垭外。垭外是个不大不小不老不旧的小镇，亦保常常从那条路上走出去又回来，总在小镇上拣件合适的衣服让艮平嫂穿穿，总拣好吃的蔬菜让艮平嫂高兴，弄得艮平嫂时时慨叹：亦保哪……

亦保。亦保。坡地上空空荡荡，只有艮平嫂的喊声。喊声蜿蜒开去，每株麦秆上都像长出声音，吱吱喳喳落地都是喊声。

小镇上早已没了人流，络绎不绝的赶集的人早已各自东西南北。昨天，亦保去找妇联主任，主动跟艮平嫂离婚。亦保回来跟艮平嫂说，妇联主任认为感情不好可以离。

艮平嫂先是哭。哭完，她答应跟亦保离，只是担心那一地的麦子。

麦子帮你收。亦保说。

麦地里仍有风。夕阳的光线越来越淡了。艮平嫂觉得亦保跟自己分开，没有啥对不住自己的。只是苦了亦保，又叹息自己：悔不该拴住一个顶天立地的男人。

艮平嫂失望地望望身后横七竖八的麦地。这麦把连麦把扎起来，就是麦捆，挺沉挺沉，要是亦保不跟自己离。亦保是不会要她背一捆的，谁教自己答应跟亦保离婚呢？

艮平嫂朝那条小路上望去。有个人影朝这边地里来。

艮平嫂真不明白：走了为什么还回来呢？

艮平嫂操起镰刀，使劲割麦。可是那影子并没有上来，只是站在亦保割麦的地方，又开始向前割麦。

艮平嫂再看那人影，是亦保又不是亦保。

艮平嫂心里，到底乱了。

彤红的夕阳沉到山底。坡地里，两个人影一上一下地割麦……

宋 体

宋体背上的背包像斜挂着的南瓜。

宋体一路走，南瓜就一路走，不急不慢地走到村部时，马蛋一眼就看清了他。

宋体。宋体。宋体。马蛋连叫三声。

马蛋用粗门大嗓叫住了宋体。他用那样的嗓子没有叫住那些出去打工的男人，却叫住了宋体，纯粹是一个意外。他还觉得能把宋体叫住，应该是村主任的职务起了不小的作用。

马蛋那天当选村主任。宋体最后一个投票，他内心很纠结地投了马蛋一票。

从选上村主任的那天起，马蛋嘴里一直念着宋体的好。很多时候，他觉得宋体的好，不能光在嘴上念着，应该付诸在行动上。

宋体停下不急不慢的步子。

马蛋几乎是跑出来的。他在宋体周围转了一圈，打量的样子很认真。然后，两腿站定。

宋体，只要你愿意干，村里有的是活儿。马蛋不会亏你。马蛋拍着胸脯大声说。

红砖堆在场坪，玉兰也长在场坪，村部门前是又大又空的场坪。西边有棵两人高的玉兰，一朵一朵地开着白花。马蛋用手指指那棵玉兰，说，宋体，看见没？场坪里的那棵树，把它先挖了。

好好的，挖它干啥？宋体疑问。

叫你挖就挖，那棵树将来会挡村部的风水。马蛋说。马蛋说完，就走了。

宋体用不急不慢的步子走回家来。

天很热，阳光很响亮。第二天，宋体一锄一锄地挖土，树上那些开着的花朵，一瓣一瓣地掉着花瓣。

马蛋是看着宋体挖倒玉兰的。玉兰倒下，那些花瓣散落一地。马蛋心里像少了一点啥，而宋体心里像多了一点啥。栽哪？一脸是汗的宋体问马蛋。

马蛋在场坪里有一口没一口地喝着茶，喝过一口后，说，宋体，你在场坪的东边打一坑，把那树给栽了。

从西边移栽到东边，树还不在场坪？宋体弄不明白，就问。

移栽！不光今年移栽，将来还要移栽！马蛋不是在说，而是在吼。

宋体就在东边打坑，坑很快就打完了。宋体叫来女人，一起栽那棵玉兰。马蛋站在场坪一口一口地喝着茶，看着宋体跟他女人栽树。天依旧热，阳光依旧响亮。

宋体不是要干活吗？村里还有活让你干！马蛋把自己的想法对宋体说了。回家的路上，宋体一直回味着马蛋的话。

场坪堆放的红砖，还剩5000多块，一直暗红着。马蛋把宋体带到场坪，站在那堆砖前，想说什么。好一会，马蛋盯着那些砖对宋体说，把这些砖搬到围墙外。

围墙有两人高，高过宋体的想法。

宋体就搬。噼里啪啦搬过几次砖后，宋体就看看围墙，看围墙的高。

没两天，场坪空荡了，5000块多红砖，一块不剩，都到了围墙外，又在暗红着想法。

树栽了，砖搬了，宋体开口跟马蛋要工钱，显得顺理成章。

急啥？忙完后面的活，一起结账！马蛋说。宋体依了马蛋。

宋体提了一瓶酒跟马蛋在办公室里喝。酒喝到一半，宋体忍不住跟马蛋再要活干。马蛋说，急啥？喝完酒，自然有活干！

酒喝完，马蛋说，宋体，你把那棵树移回来。

宋体说，移。就移。按马蛋主任的意思移。

马蛋红着脸，嘴里的话多了起来。宋体回来时，还记得马蛋的话：这回，水要浇足，还有打支撑，不能像上次那样，苦了那棵树。

地上又落了一层白花。宋体把栽下的玉兰挖倒。

宋体把倒下的玉兰栽到了原来的树坑。

宋体女人给玉兰安了三根支撑。她还给玉兰浇了一担水，水哗哗啦啦地浇在玉兰的腿上。宋体看了看那棵玉兰，心想：马蛋，下次不能再移栽了，不然树真的会挪死。

宋体很高兴的样子，又和马蛋喝酒。酒喝到一半，宋体发话，那玉兰栽了。

马蛋说，栽得好，栽得好，村里就只有宋体才栽得这么好的树。

宋体又跟马蛋要活干。马蛋说，村里有你这么要活干的吗？你脑子肯定有问题。

你要不留我在村里干活，我在外面说不定天天有活干呢。宋体很生气地说。

马蛋一口酒灌进胃里，然后说，宋体，你把上次搬出去的砖又搬回来，活儿不就来了？马蛋走之前，说，就这么定了。

宋体打了一个很响的酒嗝，说，马蛋，你不配做村主任。

宋体又开始搬砖。他边搬边想，马蛋的脑子有问题，一定有问题。

宋体越想越不明白，马蛋咋就叫自己在村里干这么缺德的活？那些在外面打工的男人回来，知道宋体是这么在村里打工的，不让他们笑话才怪？

砖搬完，宋体有了一点轻松。

宋体找到马蛋，开口要工钱。

马蛋拿出了一沓工钱。他对宋体说，还是当初那句话，马蛋不会亏你。

宋体接了钱，就问，马蛋，我就弄不明白，你咋就叫我干这活儿？

马蛋说，真弄不明白？那是我马蛋看得起你！

宋体让马蛋说得浑身不舒服。

回到家，宋体问女人，马蛋让我把栽了的玉兰挖起来再栽，把搬过的红砖又再搬，他脑子是不是有问题？女人说，他马蛋精着呢，当初，你不投他一票，那就是别人坐了村主任的位置，他是在明地里补偿你。

狗日的马蛋。宋体骂。

宋体决定出去打工。

宋体背上的背包又像斜挂着的南瓜。他一路走，南瓜一路走，不急不慢走到村部，他看见，两人高的围墙外又堆码了一些红砖，村里的熊二两手搬着十多块砖吃力地走出来。

那一刻，宋体没有停留。

青　秧

春天的太阳当顶，村子里就暖和起来。赵青梅看了看天，就走在暖和的天气里。

赵青梅要到果皮的田边去。果皮的田在梅花塘边，她经过梅花塘，见塘里的水清清的，有鱼在塘里快乐地翻着水花。

赵青梅想：鱼，你使劲地翻花吧。

田里的泥稀稀的。果皮在田里撒谷种，腿上沾了不少的稀泥。

赵青梅就说，果皮，我来帮你撒。说完就卷了裤子，下到田里。渐渐，白白的腿上就沾上了稀泥。

果皮站在田埂上看赵青梅一把连一把地撒谷种。果皮没有想到赵青梅把谷种撒得那么均匀。

撒完谷种，果皮留赵青梅住下来。赵青梅说，不住。

果皮就看见赵青梅两腿的泥，扭着屁股从窄窄的田埂上走回去。

赵青梅走到梅花塘边，她看了几眼那些翻花的鱼，就幸福地一笑。

果皮忘不了赵青梅，只要一想起她撒谷种的样子，只要一想到她扭着屁股走上田埂，他就忘不掉。

你要忘掉赵青梅。果皮就听安菊说。果皮门前的梨树上，是一树的梨花，那些梨花密集在枝上，有花瓣儿在微风里落。果皮和安菊坐在梨树下。安菊看着果皮，果皮看着落花。果皮想，梨花，你们自由自在地落吧。

安菊问，听见了？

好一会，果皮对着那树梨花才说，听见了。

安菊的那句话在果皮的心里没有停留多久，就像那些洁白的梨花在枝上没有停留多久一样。果真，果皮把赵青梅给忘了。

果皮就跟安菊好。

田里的水有薄薄的一层，很亮。果皮就和安菊坐在田埂上看那些密集的青秧。

安菊问果皮，心底还有赵青梅？

忘了。果皮的声音。

快到春插的时候了，各家各户的秧一天天绿了。果皮田里的秧，也不例外。

赵青梅知道果皮跟安菊好了。她想到了要用一种疯狂的举动，给果皮看。

赵青梅就有一个恶毒的想法：发誓要割了果皮田里的青秧。

赵青梅没有找果皮，也没有去找安菊，而是找了一把划镰。那划镰锋快，割菜断菜，割秧断秧。

星光天，赵青梅没有看一眼梅花塘的鱼使劲翻花，拿着那把划镰就下到果皮的田里。一把划镰就在胸前不停地跳动。那些遇到划镰的青秧，发出了脆脆的响声。

赵青梅觉得那响声，就像一种流淌的音乐。她一直听着，并且制造着。

赵青梅没能停下来。

天亮前，那些沾着露水的青秧，没一根是站着的了。

天亮前，赵青梅沿着瘦窄的田埂，走过梅花塘，回到了家，一路上没有一个人看见她。

天一亮，果皮家就春插。他要把田里的秧一纽纽扯起来，绑成一把洗净，挑到田里去插。

果皮走到田边，一田凉凉的水，水上漾着散乱的青秧。

果皮很明白，是谁割了自己家的青秧。果皮随口一句：好傻的赵青梅。

看着人家春插的情景，果皮跺跺脚，嘴里说，我就要和安菊好，割了我的青秧，又能咋样？

那年春，果皮的田里没插一株禾，翻耕过来的田，长了一田的杂草。

一树的梨惹了果皮的眼。果皮在树上摘梨，安菊站在梨树下。个头不大的梨，还没有熟。

果皮摘下几个梨要放进包里。安菊不要他放，还说，在外面找到了好工作，谁还吃没有熟的梨？

果皮也不跟安菊争，把那摘下的梨，轻轻地放在地上。安菊走过去，还狠狠地踹了一脚，又一脚，直踹到那些梨破碎，流出汁来。

果皮要跟已经开始的夏天告别。他背了包，出门了，身后跟着穿着很单薄的安菊。果皮不时回头看一眼她，还看一眼生长青秧的田。

年底，果皮回来了，安菊没有回来。

年底，果皮在梅花塘边紧紧地抱过一回赵青梅。

年底，赵青梅让果皮娶回了家。

冬日的暖阳下，果皮跟赵青梅坐在梅花塘边。塘里的水浅了，没有鱼翻花。赵青梅问，塘里的鱼咋不翻花?

果皮说，天气冷，鱼沉到水里就不翻花了。

赵青梅“哦”了一声。过一会，赵青梅说，我帮你撒谷种的那天，好多鱼翻花。

果皮说，那是春天，暖和。

赵青梅又“哦”了一声。

赵青梅好像有什么话要说。

果皮早就看出来了，说，赵青梅，我跟你都在一张床上睡了的人，有什么话就直说。

赵青梅就说，果皮，不瞒你，那一田的青秧，是我割的。

果皮说，我晓得是你赵青梅割的。

赵青梅问：你为啥还娶我?

果皮说，你比安菊好。安菊要在我跟你之间插一杠子，那一杠子毁了我一田青秧。

赵青梅说，果皮，心底里还有安菊?

果皮说，早忘了。

来年春，天气暖和。果皮在田里撒谷种，腿上是稀稀的泥。穿着红衣服的赵青梅就站在田埂上，她像一团耀眼的红，扎了果皮的眼睛。赵青梅直看到田里长出青秧来，直看到果皮喊她回家。

回来的路上，赵青梅回头看着那块田说，秧青了。

秧青了。果皮的声音。

吹鱼

吹鱼在城里打工。

天一亮，吹鱼急急地骑着自行车去城里，车架上绑着铁锹和锄头。天一黑，他晃悠着，骑车回来，车架上仍绑着铁锹和锄头。

吹鱼要做的事就是挖沟。包头说了，在没有沟的地方挖沟，在挖了沟的地方再挖深一点的沟。

吹鱼想，挖吧，来城里就是挖沟的，挖了沟就来钱。

有空，吹鱼就坐在树底下疑问，城里怎么有挖不完的沟？回来的路上，吹鱼还想，城里的沟怎么挖不完？

吹鱼挖着包头所包的那段沟，却没有来钱。

吹鱼每次回家，回来的只有人，没有钱。女人胖云问，在城里打了半年工，工钱呢？

吹鱼说，再等等吧。

吹鱼继续挖沟。

沟挖完了。吹鱼找包头要钱。

吹鱼没有找到包头，包头走了。

吹鱼没有回家。他下了要找到包头的决心。

很快，吹鱼就在那条沟附近的一家餐馆找到了包头。餐厅在三楼。包头在三楼跟一个女人喝酒。吹鱼手拿着那把锹走上了三楼，一点也不紧张地在包头坐着的桌边坐了下来。

吹鱼的那把锹的锹口雪亮雪亮。包头看见了，女人也看见了。

包头喊吹鱼喝酒，像喊吹鱼开工一样地喊了他。

吹鱼摇头。吹鱼说，我等着工钱，给了就走，酒留着你自己喝。

包头说，没钱给。

吹鱼说，你要真不给，我就跳楼。

一听要跳楼，包头没有紧张，说，吹鱼，你跳吧。

一听要跳楼，包头身边的女人吓了一跳，有点紧张。

吹鱼拿着那把锹走近窗户。吹鱼自己数着，一步，两步，三步。

一步，两步，三步。包头数着。

一步，两步，三步。女人也数着。

包头说，别跳，不就是一点小钱?!

女人在包里拿出了钱。

吹鱼拿到了钱。

吹鱼没有急着回家。他在一家小餐馆，一盘两盘地要了一桌菜，喝了半斤白酒。

吃剩的菜，吹鱼叫服务员打包。

回到家，吹鱼就听见胖云骂：两天没回，死哪去了，一嘴酒气地才回来。

吹鱼却高兴着，把吃剩地菜朝桌上一放，又把那一包钱拿出来。

胖云见了，才没有骂。

胖云大口大口地吃着吹鱼带回来的菜。

吹鱼看着看着，眼里的泪就出来了。

胖云问，吹鱼，好好的，你哭啥?

吹鱼这才擦了眼泪，说，高兴。高兴。

吹鱼想再出去挖沟。他骑着自行车出去，车架上仍绑着锹和锄头。

再要吹鱼挖沟的是陈老板。陈老板有要求，这次挖沟，民工不能随便回家，要住在工地上。

吹鱼也不例外。

住就住。吹鱼就住了下来。

陈老板每天给现钱。起初，陈老板招人挖沟的时候说，这条沟，是市政公司的一个工程项目。市政工程公司有的是钱。他还说，要不嫌烦，每天收工的时候，就领钱。

头几天，吹鱼就跟其他民工一样领了钱。渐渐，领钱的民工嫌烦了。有民工说，沟挖完了，一次发。陈老板注意到了民工的想法，他就一个一个地问他们，到底怎么发工资。很多人说，一次发。陈老板还特意问吹鱼，吹鱼说，一次性结工钱。

挖开的沟，埋下了管子。慢慢地，沟就填上了。

吹鱼两天没看见陈老板了。

陈老板没来工地。

吹鱼急了，陈老板挖完沟跟大伙开工钱的，咋就不来？

吹鱼想到了去市政公司。在去之前，吹鱼想到了一个点子。他要送两面锦旗给市政公司。

吹鱼一手拿着那把铁锹，一手拿着两面锦旗。一面锦旗上写着：感谢为我提供工作！另一面锦旗上写着：我的工钱，您还记得吗？

吹鱼是上午走进市政公司的。下午，吹鱼拿到了工钱，其他民工也拿到了钱。

吹鱼没有急着回家。他去了一家超市。

吹鱼想：冷天了，胖云脸上干燥，给她买盒化妆品吧。

吹鱼就买了30元钱两盒的“靓丽”早晚霜。他高兴着回到家，就听到胖云的骂声，在外那么久，连个电话也不往家里打，吹鱼你还是人吗？

吹鱼的高兴仍写在脸上。他拿出“靓丽”早晚霜，再拿出一包钱，胖云的骂声就息了。

胖云往脸上来回地擦那些“靓丽”早晚霜，吹鱼就在一边看，看着看着，眼里就来了眼泪。胖云没有看见吹鱼眼里的泪。

“靓丽”晚霜在胖云的脸上散发淡淡的香味。她沉醉在那些香味里。很久了，胖云问，吹鱼，还挖不挖沟？

吹鱼说，挖。

胖云的脸凑近吹鱼的脸，吹鱼分明感到晚霜的香味。胖云说，吹鱼，那天的电视里，一个男人给一个女人买了三千块钱的化妆品，女人还嫌少，就跟男人分手了。

吹鱼觉得好笑，就一笑，说，我才给你买了30块钱的，你不嫌少？胖云说，吹鱼，就这样子的早晚霜，我喜欢。

吹鱼让胖云说出了眼泪。

胖云用手擦了擦吹鱼眼角的泪。

吹鱼看着胖云，说，过了年，照样去城里挖沟。

话一出口，吹鱼有点后悔，明年，老板要不给工钱，又想个啥点子？

砂　眼

段家庄的住户都住青瓦房。一间间的青瓦房或依山，或临水，很是好看。

青瓦由泥坯烧制而成，若泥坯中含有砂粒，烧制后，有的砂粒脱落，就成砂眼。有砂眼的瓦盖在屋上，倘使做了沟瓦，就漏雨。

苏木家的屋上有一瓦是砂眼。苏木对砂眼瓦生过气，一下雨就要接漏。渐渐，苏木就对那片砂眼瓦产生了仇恨。苏木胆小，不敢上屋，就用竹篙撮，竹篙却把砂眼上面的瓦撮脱节了，漏下的雨更多。

苏木就想到了段移生。

段移生是段家庄身手不凡的瓦匠。他决定到苏木家翻修屋面，在去苏木家的路上，段移生就想：眼前要做的活儿少，不得不在苏木的屋上留一点手脚。然后，他就狡黠地一笑。

苏木很热情地接待了段移生，并且段师傅前段师傅后极其亲热地喊开了。

段移生也随口答应。

苏木指了指了指砂眼，对段移生说，逢雨就漏，换了那片有砂眼的瓦。

段移生看了看那片砂眼瓦，说，行。

段移生顶着火毒的太阳爬上了苏木家的屋。每一片瓦都是热热的。他的手指利索地翻着那些有点烫手的瓦。很快，他看见了那片有砂眼的瓦，并对它产生了浓厚的兴趣。他喜欢着那片瓦就像喜欢着一个人一样。

他把那片有砂眼的瓦放在了自己看得见的地方。

段移生想到了一个主意。他觉得主意很好，迅速从屋上下来，在苏木的屋后抓了一丁点土，并且用手上的汗水揉捏那点土，土就渐渐成泥。

段移生再次爬到屋上，他把那揉捏得柔软的泥轻轻按进那片瓦的砂眼，再把那片瓦当作沟瓦，放在离原来不远的位置。

这一切，苏木真切地看在眼里。

苏木没有说。

苏木没有让段移生为她白换那片有砂眼的瓦，而是用一碗滚烫的米面厚待了他。

段移生有滋有味地吃着米面。苏木悠闲地为他扇着风。段移生想，自己离吃下一碗米面不远了。段移生吃得急，呛了一口。苏木看着段移生慢慢地呛出了眼泪和汗，却没有停下打扇，嘴里还说，慢慢吃！

段移生吃完了米面。苏木就问：那片有砂眼的瓦，换掉了？

段移生肯定，换掉了。

苏木劝段移生休息半天再走。段移生不依。

苏木送段移生出门。苏木还说，屋漏了，再喊段师傅来。

一路上，段移生脸上是惬意的笑。

那一场雨，过了很久才来。那片让段移生换掉的砂眼瓦，在经历了一场雨后，就漏雨了。

苏木接好漏，就想到了段移生。天一放晴，苏木就找了段移生。

段移生很清楚，是那片砂眼瓦漏雨了。他想，这一次不能用泥粘砂眼了。

上屋前，段移生在苏木屋后的枇杷树上摘了一片叶子。他想，这一片叶子，就是将来的一碗米面。他很得意地把那片叶子握在手上，然后就上了屋。手指翻得那些瓦七七八八地响。

段移生很快发现了那片有砂眼的瓦。当做沟瓦，他又把那片瓦放在了离原来不远的位置，再在它的上面盖上了枇杷叶。不等叶子烂掉，肉眼是看不出砂眼的。

苏木很清楚地看着这一切。

苏木仍旧用一碗米面款待了段移生。那碗面，段移生吃得慢，没有呛出眼泪和汗。

苏木问，段师傅，那片瓦换掉了？

换掉了！段移生的声音。

苏木家的那片砂眼瓦再次漏雨时，一条从一个省通向另一个省的高速公路像一把锋利的菜刀，毫不留情地切开了段家庄。苏木的青瓦房没有保留下来。

拿到补偿款的苏木修了很气派的楼。

段移生在一家工地上做工，不小心摔了下来，摔断了腿，再不能上屋。

段师傅！段师傅！段移生瘸腿路过苏木楼前，听见苏木在喊。

段移生就放慢了脚步。站在苏木楼前的新栽的玉兰树下，段移生先开口，苏木，我对不住你。

苏木说，你对得住我。

段移生说，我当初贪恋你亲手做的那碗米面，有意将那片有砂眼的瓦当作沟瓦安放在你的屋上。

苏木说，我当初也贪恋你，我男人一走，我就想你过来。

段移生说，你不怪我？

苏木说，你怪我？

段移生说，你苏木还当我是段家庄的瓦匠师傅？

苏木点点头。

1983年的那头野猪

1983年，梁山上有人采石。一阵接一阵采石的炮声惊到了那头野猪。

中午，那头有着纯黑色猪毛的野猪拼命朝山下跑。有人见到了野猪，就喊：梁山下来野猪了。还有人使劲喊：黑野猪！黑野猪！

看见野猪的人开始了追赶。

野猪一头撞开栅栏，就钻进了汗川的菜园。

菜园里长着很多菜，菜上开着很多花，黄色的，紫色的。藤上结着大小不一的瓜。汗川跟牛腿的女人燕梅在亲热。汗川满身是汗地搂着燕梅。燕梅也让他搂。燕梅一眼看见了野猪。就对汗川说，一头野猪。汗川笑着说，哪来的野猪？这么热的中午。

燕梅一把推开汗川。汗川看见了野猪。那急速走动的黑色迅速占满了她的眼睛。燕梅整了衣衫就走出了菜园，极快地。

汗川这才发出狂喊：燕梅，拦着它！

燕梅不理汗川，把他的那一声喊，抛在脑后，径直走了。

栅栏让野猪撞开了又一道口子。野猪几口就咬了一些菜，很快跑出了汗川的菜园。汗川的眼里是野猪跑动的身影。

汗川回过神，开始追赶野猪。

野猪又朝牛腿的地里跑去。

地里的瓜一个一个熟了。牛腿跟菜根的女人苏水水坐在瓜棚里。苏水水说，牛腿，我让你看一眼胸，你就把那个最大的瓜摘来。

牛腿说，我把那个瓜摘回来，要补看一眼。

苏水水说，反正让你看过一次了，补看就补看。

牛腿说，你说话不算数，上一回，你说我给了你一瓜，让我看一眼你的胸的。

苏水水说，你上回给的瓜太小，我不满意，当然，就不让你看。

牛腿就浅浅一笑。

牛腿一走出瓜棚，就看见那头野猪在地里乱跑。腿踩着藤就踩着藤，踩着瓜就踩着瓜。

牛腿很快就折回瓜棚。

苏水水问，瓜呢？

牛腿说，让野猪踩坏了。

汗川还没跑到牛腿的瓜地，苏水水不看牛腿一眼就走出了瓜棚。

那头野猪很快就窜出了瓜地。又朝燕梅的门口跑去。

野猪是在燕梅的门前被打死的。燕梅的门前有一条水沟。那头野猪一不小心，就掉进了沟里。很多人手上的棒棍，一起朝野猪打。那头野猪是被活活打死的。死之前的尖叫一次次划破了中午的安静。很多小孩在那种尖叫声里，用手捂住了耳朵。那头野猪死在了那个漫长的下午。

很快，野猪的皮剥了。

很快，野猪的肉摆在了案板上。

燕梅走到肉案边，用手摸了摸肉。肉很腻很柔软，燕梅然后用劲捏了一把，脸上还笑了起来。

肉还没分之前，燕梅提出来，野猪是在她门口打死的，要没门口的水沟，就跑另外的地方去了就让另外地方的人吃肉了。

有的人同意燕梅多分一点。

有的人又提出来，燕梅不应该多分肉，理由是燕梅的男人牛腿，在打野猪的时候，没见人影，咋就要多分？野猪是汗川几个人一起打死的。

肉不敢往下分了。

燕梅双手叉着腰，瞪着眼，站着不说话。

汗川就出面了。汗川说，燕梅，人家不让你分，也有人家的道理。

燕梅不服气。燕梅说，汗川，你不是人，白跟你亲热一场。

汗川让燕梅说低了头。

燕梅说，分吧，人家分多少，我分多少，我不多要了。

肉就分了。

黄昏。黄昏有点昏黄。各家各户的屋顶冒出了乌蓝的烟来。各家各户吃到了野猪肉。

梁山上有人在点炮采石。

过了两天，嘴上有着油渍的燕梅小声跟汗川说，汗川，那天，我们在菜园里亲热，要让野猪一口咬了，那就不得了了。

汗川说，咬了就咬了。

燕梅吃吃地笑。

牛腿跟苏水水坐在瓜棚里。他们对面坐着，在感叹完野猪肉的味道后，牛腿跟苏水水说到野猪，牛腿说，苏水水，那天的野猪要一头撞进瓜棚，一头撞了你我，就不得了了。

苏水水说，要撞还不让它撞。

牛腿骂一句：蠢婆娘！

苏水水两眼瞪着牛腿。

牛腿再不骂。

谁来证明你的马

梅四久的马丢了。

梅四久早上起来就去了马圈，他没有看见马，只看见了柱子上的一小截链子，那链子是用来系马的。那一次，买回来的链子，他嫌长了一点，就截成了两截，长的一截系在马上，短的这一截套在柱子上。

喂了十年的马丢了，梅四久决定找马。他带了干粮和水，天一亮就出去，天黑了就回来。饿了就在树底下吃干粮，渴了就喝水。

回到家，梅四久觉得疲倦，就躺在了床上。渐渐，就鼾声四起。朦胧中，那匹马系在圈里，尾巴摇来摇去，嚼草的声音很响。梅四久醒来，才发现自己做了一个梦。

坐在床上，梅四久就翻看五年前和马在一起时照的一张张照片。每看一张，他就有一种难受的感觉。

每次找马，梅四久带着那截链子。他觉得，那截链子可以比对自己马上的链子，也算一个证据。

梅四久找了三天马，问了很多人，男的女的都问过，都说没看见。还有的人反问他，你自己的马，咋就不好好看着？梅四久让人说得很尴尬。

梅四久仍旧找马。有人劝他，你还是到派出所报案，让派出所出面，找到马的可能性就更大。

梅四久仔细一想，觉得在理。一个星期后，梅四久就走进了派出所。

梅四久看见自己的那匹马系在派出所前院的走廊上。那一刻，他赶紧跑过去，把头贴在马头上，话还没说，眼睛里就涌出了泪水。然后，他就用手摸着马的头。

梅四久很想牵回自己的马。可是，值班民警不依。民警说，梅四久，这马是它自己走进派出所的，我们在各村都贴了广告，也没人来领。你来领，没有谁证明马是你的。

梅四久说，系这匹马的链子跟我手里的链子是一样的。

民警看了看梅四久手里的链子，然后说，相同的链子有的是，根本不能证明马是你的。

梅四久还说，这匹马有一个胎记，胎记就在屁股上。梅四久走到那匹马后，用手指指马屁股上的一个细瘤。

民警说，有胎记的马多的是，不能说有胎记的就是你的马。

梅四久最后说，我找卖马的人来证明。

民警依他。

梅四久走之前，就去地里割了草。他把割来的草放在走廊上，马就慢慢地吃草，边吃边看着梅四久。

马是梅四久在庄一群手上买的，要庄一群来证明不就行了。梅四久和民警找到庄一群。

梅四久对庄一群说，马是十年前买的，你应该还记得。

庄一群接连摇摇头，然后说，十年前的事，不记得了。梅四久说，你再想想，不就过了十年，咋就不记得你的马？庄一群说，想不起来了。

梅四久无奈，只得回来。

梅四久回来，又在家里翻出了自己和马照的照片。他觉得照片上的马跟派出所的马是一样的。有一回，庄里来了个照相的，照的是快相。等两天就有，还保证送过来。照相的人说动了梅四久。梅四久就跟照相的人提了要求，说，就跟我的马照几张。

在民警面前，梅四久拿出了照片。民警仔细看了看照片里的马，又看了看梅四久。

民警看看那些照片，然后摇摇头，说，还是不能证明是你的马。

怎样才能证明是自己的马？梅四久想不出好的办法。

梅四久开始上访。他先见了乡长，说自己的马在派出所里，派出所不让牵回去。

乡长就到派出所了解情况。派出所长跟乡长汇报了情况。乡长回头跟梅四久解释，要说马是你的，得有证据。

梅四久不跟所长闹，他没有吱声。

梅四久给马割了草，就去了县里。梅四久坐在了县信访局。信访局的人说，梅四久，你先回去，我马上给乡政府打个电话，让派出所把马送过去，很快，你就能牵回你的马。

看见信访局的人在给乡里打电话，梅四久才肯走出信访局的门。

梅四久回到家。还没来得及开门，派出所的民警牵着马来了。

梅四久问，谁来证明马是我的?

民警说，梅四久，你再不能往上上访了，你不知道，你在市里上访一次，乡里要被县里扣分的，要不然，年底，乡里年底评不上先进，影响乡领导的提拔。

梅四久根本没有想到事情会这样。

那谁来证明马是我的？梅四久问。

我来证明马是你的。民警说。

羊子善

羊家庄会木雕的只有羊子善。他雕人物雕花鸟，雕啥像啥，且活灵活现。

羊子善对一些杂树生出好感，好到近乎痴迷的程度。往往，他在树前一站，一盯老半天，舍不得放手。有人问他，咋对一棵树看得那么痴？羊子善用手拍两三下树，笑着走开。

庄里很多人找羊子善雕些小件，他满口答应。往往，来者一块木板或一截木头朝他面前一放，他就说，放下放下。再不说多话。

过几日，那木板上或木头上就有好看的花鸟，或人物，栩栩如生。

羊子善平时喝点谷酒。因此，家里也备有酒坛。每次，他都从坛里用竹提提出半提来，倒在杯子里很有韵味地喝。女人姜丝就劝他，少喝点，酒伤身体。羊子善也不搭理，仍一小口酒一小口酒地往嘴里送。

羊子善不光在家里喝酒，在外面也喝，一喝就上脸，脸上喝得红润、发光。庄外有女人见了，就说，羊师傅，你的脸，那么好看，回去了对着镜子雕下来，肯定卖个好价钱。

羊子善也不生气，回一句，你才卖个好价钱。然后，抿嘴一笑。

羊子善高一脚低一脚回到屋里，对着镜子一看，果然，脸真红。他就着一盆凉水，把那脸上的红洗了个透彻。

羊子善有好几把刻刀。宽口的、窄口的、弧口的，都有。并且每一把刻刀的刀口雪亮。平常，他把刻刀集中放在一个牛皮套里。每隔一段时间，他会一把把排出那些刻刀，在那些刻刀上擦上油，防止生锈。

羊子善把刻刀看得很重。一回，羊子善不在家，姜丝就翻开他的牛皮套，拿了他的一把刻刀切了鞋底。鞋底切到一半，羊子善回来，迅速抢过那把刻刀，还对姜丝说，你给我滚！老子的刻刀，是你用来切鞋的？

姜丝泪眼看羊子善，就问，你一把刻刀看得比我还重要？我可是为你做的鞋呃。

羊子善反问一句，你说呢？

姜丝没有说啥，眼里含着泪就开始在家里清理衣服。姜丝背好包出门，羊子善不看她也不拦她。

那一日，羊子善脸上没有笑容。

那一月，羊子善脸上还是没有笑容。

庄里有人劝羊子善，姜丝都走了一个多月了，要么去找她，要么忘了她。

羊子善没有多说什么，在酒坛里提了两竹提酒，倒了一碗，然后就喝，然后倒头便睡。

待羊子善长长短短的叹息过后，就是长长短短的鼾声。醒来，就换了一个人，见什么人喊什么人，喊得极亲热。庄里人再在他面前提起姜丝，他说，还提她干啥。再无二话。

庄里很多人认为，在一些家具上雕刻图案，比较繁琐。渐渐，来找羊子善刻小件的人就少了。

羊子善依然看中他的刻刀，每隔一段时间，他从牛皮套里一把把拿出来，擦上油。

羊子善家里的木刻多了起来。他把那些生出好感的杂树锯了回来，然后就在木头上刻。

冬天，天气有些冷。羊子善就把过去刻好的木雕当柴烧。他明白，他在那个冬天，烧掉了很多木雕。

若是柴堆里烧着了刻着鸟兽虫鱼的木雕，羊子善还能听见那些鸟兽虫鱼在火里挣扎，噼里啪啦地叫。羊子善也不惋惜。

羊子善就坐在火堆旁，做着新的木雕。

羊子善要在春天里完成一件叫“嫦娥奔月”的作品。在他眼里，那是一件很大的木雕。“嫦娥奔月”还没有雕好，就来了一个人。

那个人轻轻叩开了羊子善的门。那个人掏出名片给羊子善看，说是专程来请羊子善师傅的，还一个月给3000块钱工钱。

羊子善摇摇头，说，我不是羊子善，羊子善跟女人散伙后就走了。这里没有你要找的那个羊子善。

浙江人信以为真，摇着头就走了。

羊子善倚在门边，觉得好笑，自己的这点木雕手艺，还让一个浙江人大老远值得跑来？

羊子善又开始雕他的“嫦娥奔月”。低矮的屋子里，他有和嫦娥奔月的感觉。

没过两天，那个浙江人又轻轻叩开了羊子善的门，开口说，羊师傅，我们公司派我专程来接你的，你要不走，公司会再派人来，直到把你接走。

羊子善没有让那个人看见“嫦娥奔月”，就在门口说，我跟你说过了，这庄里没有羊子善，他跟女人散伙后，早就不住庄里了。

浙江人半信半疑地走了。

一条高速公路经过庄里，羊子善低矮的房子在拆迁范围。

来庄里丈量房屋的是国土所的工作人员老张。老张喜欢木雕。

在羊子善家里惊讶着老张拉着羊子善小声说，羊老板，我想买下你的那件“嫦娥奔月”。

羊子善摇头说，那是我的心血，不卖。

老张又说，羊老板，卖了可以再刻。

羊子善说，以后房子拆了，住在安置房，就没有这个认真劲，也刻不好了。

老张把嘴凑到羊子善的耳边说，羊老板，我可以把你的房屋面积量大点，只要，你肯卖了“嫦娥奔月”。

羊子善想想低矮的屋，看看“嫦娥奔月”，点了点头。

老张给羊子善的承诺兑现。羊子善的屋，对比庄里其他屋，拿到了最高的补偿。

明亮的安置房里，没有了“嫦娥奔月”，羊子善觉得室内空荡荡的。

羊子善找出那个牛皮套，用笨拙的手一把把拿出刻刀，他才发现，那些刻刀上有了浅浅的锈迹。